DU MÊME AUTEUR

Aux Éditions Gallimard

SUR LA ROUTE
LES SOUTERRAINS
LES CLOCHARDS CÉLESTES
DOCTEUR SAX
BIG SUR
LE VAGABOND SOLITAIRE
VISIONS DE GÉRARD
SATORI À PARIS
VRAIE BLONDE, ET AUTRES
VIEIL ANGE DE MINUIT
LETTRES CHOISIES 1940-1956
SUR LA ROUTE ET AUTRES ROMANS (collection Quarto)
LETTRES CHOISIES 1957-1969
BEAT GENERATION
ET LES HIPPOPOTAMES ONT BOUILLI VIFS DANS LEURS PISCINES
RÉVEILLE-TOI. LA VIE DU BOUDDHA
JOURNAUX DE BORD (1947-1954)

Aux Éditions Denoël

GIRL DRIVER
ANGES DE LA DÉSOLATION
BOOK OF BLUES
LES ANGES VAGABONDS
UNDERWOOD MEMORIES

Aux Éditions La Table Ronde

AVANT LA ROUTE
PIC

Suite des œuvres de Jack Kerouac en fin de volume

Du monde entier

JACK KEROUAC

L'OCÉAN EST MON FRÈRE

Traduit de l'anglais (États-Unis)
par Pierre Guglielmina

nrf

GALLIMARD

Titre original :

THE SEA IS MY BROTHER

Chapitre premier

La bouteille brisée

Cigarette au bec et mains dans les poches de son pantalon, le jeune homme dévala les quelques marches de brique devant l'entrée d'un hôtel sur Broadway, dans le haut de la ville, et prit la direction de Riverside Drive, d'un pas nonchalant, curieusement ralenti.

C'était le crépuscule. Les rues chaudes du mois de juillet, voilées par la touffeur qui brouillait les perspectives ordinairement nettes de Broadway, étaient envahies par un véritable spectacle de badauds, de bus, de taxis, de voitures étincelantes, d'étals de marchands des quatre-saisons riches en couleurs, d'épiceries kascher, de marquises de cinéma et des innombrables merveilles composant l'atmosphère chatoyante de carnaval caractéristique de la rue new-yorkaise au milieu de l'été.

Le jeune homme, vêtu simplement d'une chemise blanche, sans cravate, d'une veste en gabardine verte un peu élimée, d'un pantalon noir et de mocassins, s'arrêta devant l'étal d'un marchand des quatre-saisons pour jeter un coup d'œil à la marchandise. Dans sa main fine, il avait tout l'argent qui lui restait – deux *quarters*, un *dime* et un *nickel*[1]. Il acheta une pomme et reprit sa marche en mâchant, l'air pensif. Il avait tout dépensé en deux semaines. Quand apprendrait-il à être plus prudent ? Huit cents dollars en quinze jours – comment ? Où ? Et pourquoi ?

Le trognon de pomme jeté, il éprouva le besoin de satisfaire ses sens avec autre chose avant de continuer à traîner dans la rue et il entra dans un tabac pour s'acheter un cigare. Il ne l'alluma pas avant d'être assis sur un banc de Riverside Drive face à l'Hudson.

Il faisait plus frais au bord du fleuve. Derrière lui, la rumeur énergique de New York envoyait pulsations et soupirs comme si l'île de Manhattan elle-même était une mauvaise corde de guitare pincée par les doigts d'un démon impertinent, remuant. Le jeune homme se tourna et balaya de ses yeux noirs et curieux les terrasses élevées des immeubles de la ville, puis les braqua vers le port au sud de l'île, là où la chaîne des lumières s'incurvait pour former un arc puissant, gouttelettes sensuelles dans la brume d'été, chapelet nébuleux.

Son cigare avait ce goût amer qu'il avait désiré sentir dans sa bouche ; cette amplitude, cette plénitude entre ses dents. Sur le fleuve, il parvenait à distinguer les coques des navires marchands amarrés. Une petite embarcation, invisible à l'exception de ses feux, glissait entre les cargos et les pétroliers. Étonné et détaché à la fois, il se pencha pour observer les points lumineux qui flottaient le long du fleuve, lentement, avec une grâce fluide, sa curiosité presque morbide attirée par ce qui aurait pu paraître à tout autre banal.

1. Soit soixante-cinq *cents*. (*Toutes les notes sont du traducteur.*)

Ce jeune homme n'avait rien d'une personne ordinaire. Il avait une apparence à peu près normale, une taille légèrement supérieure à la moyenne, il était mince, il avait les traits creusés, particulièrement remarquables à cause de la proéminence du menton et de la lèvre supérieure ourlée, de la bouche expressive, finement dessinée et cependant pulpeuse, depuis les commissures des lèvres jusqu'à la base du nez aquilin ; son regard était droit et sympathique. Mais son comportement était des plus étranges. Il avait l'habitude de garder la tête haute, de telle sorte que tout ce qu'il observait était scruté du haut vers le bas, avec un air un peu détourné qui traduisait une curiosité à la fois hautaine et impénétrable.

Dans cette attitude, il fuma son cigare et regarda passer les flâneurs de Riverside Drive, en paix avec le monde. Mais il était fauché et il le savait ; dès le lendemain, il serait sans un sou. Esquissant une sorte de sourire, en relevant le coin de la bouche, il essaya de se remettre en mémoire comment il avait dépensé ses huit cents dollars.

La nuit passée, il le savait, lui avait coûté ses cent cinquante derniers dollars. Ivre pendant deux semaines consécutives, il était finalement parvenu à la sobriété dans un hôtel minable de Harlem ; de là, il s'en souvenait, il avait pris un taxi jusqu'à un petit restaurant de Lenox Avenue où ils ne servaient que des travers de porc grillés. C'était là qu'il avait rencontré cette adorable petite Noire, membre de la Ligue des jeunes communistes. Il se rappelait avoir pris un taxi avec elle jusque dans Greenwich Village où elle voulait voir un certain film... *Citizen Kane*, non ? Et puis, dans un bar de MacDougal Street, il avait perdu sa trace au moment où il était tombé sur six marins fauchés ; ils étaient sur un destroyer qui se trouvait en cale sèche. De là, il se rappelait vaguement avoir pris un taxi avec eux, chanté toutes sortes de chansons, avoir débarqué à Kelly's Stables sur la 52e et y avoir entendu Roy Eldridge et Billie Holiday. Un des marins, un type costaud avec des cheveux noirs teints, n'avait cessé de parler de Roy Eldridge et de sa trompette et des raisons pour lesquelles il avait dix ans d'avance sur n'importe quel autre musicien de jazz, à l'exception peut-être des deux qui jouaient tous les lundis au Minton's à Harlem, Lester quelque chose[1] et Ben Webster ; et à quel point Roy Eldridge était vraiment un penseur phénoménal avec des idées musicales infinies. Puis, ils avaient tous pris un taxi jusqu'au Stork Club, où un autre marin avait l'intention d'aller depuis le début, mais ils étaient trop ivres pour qu'on les laisse entrer, et ils s'étaient donc contentés d'un bastringue, où il avait payé l'entrée à toute la bande. De là, ils s'étaient rendus dans un autre endroit de l'East Side où la maquerelle leur avait vendu trois litres de scotch, mais quand ils en avaient eu terminé, la maquerelle avait refusé de les laisser dormir là et les avait foutus dehors. De toute façon, ils en avaient eu marre, et de l'endroit et des filles, et ils étaient remontés dans le haut de la ville et à l'ouest, dans un hôtel de Broadway où ils avaient pris une suite, fini le scotch, avant de s'effondrer dans les fauteuils, sur le plancher et sur les lits. En fin d'après-midi, il s'était réveillé pour découvrir trois des marins

1. Lester Young et Ben Webster étaient saxophonistes.

étendus sur un plancher jonché de bouteilles vides, de casquettes, de verres, de chaussures et de vêtements. Les trois autres s'étaient éclipsés, sans doute à la recherche d'un Alka-Seltzer ou d'un jus de tomate.

Il s'était alors habillé, lentement, après avoir pris une douche interminable, et il était sorti, laissant la clé à la réception et priant l'hôtelier de ne pas déranger ses copains qui dormaient paisiblement.

Il était donc là, assis sur un banc, fauché, avec seulement cinquante *cents* en poche. La nuit avait coûté quelque chose comme cent cinquante dollars en taxis, verres ici et là, note d'hôtel, femmes, pourboires et tout le reste ; c'en était fini du bon temps pour lui cette fois. Il sourit en se souvenant à quel point il avait été drôle de se réveiller, quelques heures plus tôt, sur le plancher entre un marin et une bouteille vide, un mocassin au pied et l'autre sur le sol de la salle de bains.

Jetant au loin son mégot de cigare, il se leva et traversa Riverside Drive. De retour sur Broadway, il marcha d'un pas lent en direction du haut de la ville, s'attardant devant les petites boutiques de chaussures, les réparateurs de radio, les drugstores, les stands de journaux et les librairies mal éclairées, scrutant tout de son regard à la fois curieux et détaché.

Devant l'étal d'un marchand des quatre-saisons, il s'arrêta brusquement ; un chat miaulait, un petit cri plaintif dans sa direction, le bourgeon rose de sa bouche ouverte en forme de cœur. Le jeune homme s'accroupit et le prit dans sa main. C'était un joli petit chaton à la fourrure grise tigrée et à la queue incroyablement touffue pour son âge.

« Salut, Tigre, dit-il en entourant la petite tête de sa main. Tu vis où, toi ? »

Le chaton miaula une réponse, son petit corps fragile ronronnant dans sa main, comme un instrument délicat. De l'index, il caressa la tête minuscule. C'était plus une coquille qu'un crâne, susceptible d'être broyée entre le pouce et l'index. Il plaça le bout de son nez contre la bouche du chat jusqu'à ce que ce dernier le mordît par jeu.

« Ha ha ! Un vrai petit tigre ! » Il sourit.

Le marchand était là en train de réarranger son étalage.

« C'est votre chat ? » demanda le jeune homme en s'approchant, le chaton à la main.

L'homme tourna vers lui son visage basané.

« Oui, c'est le chat de ma femme.

— Il était sur le trottoir, dit le jeune inconnu. La rue, ce n'est pas un endroit pour un chaton, il va se faire écraser. »

Le marchand sourit : « Vous avez raison. Il a dû s'échapper de la maison. » Le type leva la tête, regarda au-dessus de la boutique et cria : « Bella ! »

Une femme vint immédiatement à la fenêtre et sortit la tête : « Oui ?

— Regarde ton chat. Il a failli se perdre, dit le type.

— Poum-Poum ! roucoula la femme en apercevant le chaton dans les mains du jeune homme. Amène-le-moi, Charley. Il va lui arriver des ennuis dans la rue. »

Le type sourit et prit le chat des mains de l'inconnu. Ses griffes encore faibles résistèrent au changement de mains.

« Merci ! » dit la femme, d'une voix chantante.

Le jeune homme fit un signe de la main.

« Vous connaissez les femmes, dit le marchand sur le ton de la confidence, elles adorent les petits chats… elles aiment toujours les créatures vulnérables. Mais quand il s'agit des hommes, vous savez, elles veulent qu'ils soient cruels. »

Le jeune inconnu esquissa un sourire.

« Je n'ai pas raison ? continua le type en riant et en donnant une claque dans le dos du jeune homme, avant de rentrer dans sa boutique avec le chat, sans cesser de rire.

— Peut-être, marmonna le jeune homme. Comment je pourrais le savoir ? »

Il se remit à marcher, parcourut cinq autres pâtés de maisons en direction du haut de la ville, sans destination précise, jusqu'à se retrouver devant une sorte de bar-cafétéria, juste avant le campus de Columbia University. Il franchit la porte à tambour et s'assit sur un tabouret au bar.

La pièce était remplie de consommateurs, l'atmosphère était sombre, chargée de fumée, de musique, de voix et de cette fébrilité bien connue des gens qui fréquentent les bars pendant les nuits d'été. Le jeune homme avait presque décidé de partir quand il aperçut une bière glacée que le barman venait de poser devant un autre client. Il en commanda donc une. Il échangea un regard avec une fille du nom de Polly, qui était assise à une table avec ses amis.

Ils se regardèrent pendant quelques secondes, de la manière qui vient d'être décrite. Puis, avec une grande simplicité, le jeune homme s'adressa à Polly : « Tu vas où, toi ?

— Je vais où ? répondit Polly en riant. Je ne vais nulle part ! »

Mais alors même qu'elle riait de la question incongrue de l'inconnu, elle ne put s'empêcher de s'étonner de son comportement possessif spontané : pendant une seconde, il lui fit l'effet d'être un vieil ami oublié depuis des années, qui était tombé sur elle par hasard et renouait avec une intimité partagée, comme si le temps n'avait eu aucune importance à ses yeux. Elle était pourtant certaine de ne jamais l'avoir rencontré auparavant. Elle le regarda, surprise, et attendit de voir ce qu'il allait faire.

Il ne fit rien. Il se tourna simplement vers sa bière et en but une longue gorgée, l'air songeur. Polly, déconcertée par sa conduite illogique, l'observa pendant quelques minutes. Apparemment, il avait l'air satisfait d'une chose : lui avoir demandé où elle allait. Pour qui se prenait-il… ? Cela ne le regardait sûrement pas ! Et pourtant, comment se faisait-il qu'il l'eût traitée comme s'il la connaissait depuis toujours, comme s'il la possédait depuis toujours ?

Le front plissé par la contrariété, Polly se leva de sa table et s'approcha de l'inconnu. Elle ne répondit pas aux questions que lui lançaient ses amis derrière elle. Elle préféra s'adresser au jeune homme, avec la curiosité d'une enfant.

« Qui es-tu ? demanda-t-elle.

— Wesley.

— Wesley comment ?

— Wesley Martin.

— Est-ce que nous nous sommes déjà rencontrés ?

— Pas que je sache, répondit-il d'une voix calme.

— Alors… pourquoi as-tu… ? Pourquoi… ? Comment as-tu… ?

— Comment j'ai quoi ? dit Wesley Martin avec un sourire en coin.

— Oh, merde ! s'écria Polly en tapant du pied, agacée. Qui es-tu ? »

Wesley garda un vague sourire amusé : « Je t'ai dit.

— Ce n'est pas ce que je veux dire ! Écoute, pourquoi m'as-tu demandé où j'allais ? Voilà ce que je veux savoir.

— Eh bien ?

— Bon sang, ce que tu peux être exaspérant… c'est moi qui pose la question, pas toi ! » À ce moment précis, Polly criait pratiquement. Ce qui amusait Wesley, de toute évidence, puisqu'il la dévisageait, les yeux écarquillés, la bouche ouverte, avec une sorte de jubilation intense qui faisait l'effet d'être aussi triste que formidablement radieuse. On aurait dit qu'il était sur le point d'éclater de rire, mais il ne le fit pas. L'air espiègle, interloqué, il se contenta de la dévisager.

Polly semblait presque vexée par son attitude peu flatteuse. Wesley lui pressa le bras chaleureusement, avant de se tourner vers sa bière.

« D'où viens-tu ? poursuivit Polly.

— … Vermont, marmonna Wesley, absorbé par les gestes du barman qui servait des bières.

— Qu'est-ce que tu fais à New York ?

— Je suis à la plage[1], fut sa réponse.

— Qu'est-ce que ça veut dire ? insista Polly avec son visage d'enfant émerveillée.

1. À terre, dans l'argot des marins.

— Comment tu t'appelles ? interrogea Wesley, ignorant sa question.

— Polly Anderson.

— Polly Anderson... Jolie Polly, ajouta Wesley.

— Quel baratin ! dit la fille, narquoise.

— Comment ça ? répliqua Wesley en souriant.

— Ne me fais pas ce coup-là... Cette façon de jouer les innocents, c'est pitoyable, répondit Polly. Tu veux me dire que les hommes ne savent pas baratiner dans le Vermont ? Ne te fous pas de moi, j'y suis allée. »

Wesley n'avait rien à dire de plus. Il fouilla ses poches et en sortit son dernier *quarter*.

« Tu veux une bière ? proposa-t-il à Polly.

— Pourquoi pas... Allons boire à ma table. Viens te joindre à nous. »

Wesley paya les bières et les apporta à la table, où Polly était en train de replacer les gens. Quand ils se retrouvèrent assis l'un à côté de l'autre, Polly présenta son nouvel ami sous le diminutif de Wes.

« Qu'est-ce que tu fais, mec ? » demanda le type qui répondait au nom d'Everhart, assis dans le coin, jetant des coups d'œil furtifs derrière des lunettes à monture en écaille en direction de Wesley.

Wesley regarda l'inquisiteur et haussa les épaules. Ce silence fascina Everhart. Pendant les quelques minutes suivantes, alors que l'assemblée reprenait son bavardage, il observa l'inconnu. À un moment donné, lorsque Wesley jeta un coup d'œil vers lui et le surprit en train de le dévisager, caché derrière ses lunettes fantastiques, leurs regards engagèrent le combat : Wesley détendu, détaché ; Everhart impudent, sceptique, avec un air de défi.

La soirée progressant, les filles et George Day devenaient excessivement bruyants ; George, dont l'imagination singulière était occupée par une idée quelconque, riait à présent en faisant une grimace de douleur. Il essayait d'expliquer la cause de son hilarité, mais au moment où il parvenait à la partie comique de l'incident qui l'avait tant amusé et s'apprêtait à la partager avec les autres, il était soudain pris d'un rire convulsif. Qui était contagieux : les filles hurlaient, Everhart ricanait et Polly, la tête calée contre l'épaule de Wesley, ne pouvait réprimer un fou rire.

Wesley, lui, trouvait le dilemme de George aussi amusant que l'impatience de Polly plus tôt dans la soirée et le regardait bouche bée, les yeux écarquillés, étonnés, avec une expression amusée, plus comique qu'il ne l'aurait souhaité.

Wesley n'était pas vraiment ivre : il avait bu jusqu'à présent cinq bières et, depuis qu'il avait rejoint la bande à la table, cinq petits verres de gin pur qu'Everhart avait allègrement proposé de payer. Mais l'atmosphère enfumée du bar, exhalant les odeurs des divers alcools forts et de la bière, résonnant de toutes sortes de bruits et du rythme sourd et constant de la musique en provenance du juke-box, tout cela contribuait à amortir ses sensations, à les fondre au sein d'un rythme étouffé, lent, délirant, exotique. Et de fait, Wesley était pratiquement ivre. Il pouvait boire beaucoup plus d'habitude. Peu à peu, il commença à ressentir un picotement dans les membres et il s'aperçut que sa tête basculait d'un côté ou de l'autre de temps en temps. La tête de Polly pesait lourdement sur son épaule à présent. Wesley, comme toujours quand il était ivre, ou du moins presque ivre, observait un silence aussi obstiné que l'imperturbabilité qui le caractérisait normalement. Pendant qu'Everhart parlait, Wesley écoutait et il avait choisi de le faire en restant strictement silencieux et sans réaction.

Everhart, complètement ivre, ne pouvait s'empêcher de parler. Même si son auditoire semblait surtout soucieux de conserver la gravité ridicule des ivrognes. Personne n'écoutait – à l'exception de Wesley, de manière oblique. Une des filles s'était endormie.

« Qu'est-ce que je leur dis quand ils veulent savoir ce que je fais dans la vie ? entonna Everhart, s'adressant à toute la bande avec une sincérité absolue. Je leur dis seulement ce que je ne veux pas faire. Pour le reste, je ne sais pas, donc je ne dis rien. »

Everhart but d'un trait la fin de son verre et poursuivit : « Ma connaissance de la vie est purement négative : je sais ce qui ne va pas, mais je ne sais pas ce qui va... Mais ne vous méprenez pas, les mecs, et les filles... Je ne dis pas qu'il n'y a rien de bon. Vous comprenez, *bon* pour moi signifie perfection...

— Tais-toi, Everhart, coupa George d'une voix d'ivrogne.

— ... et *mal* ou *mauvais*, l'imperfection. Mon monde est imparfait, il ne contient aucune perfection, et par conséquent aucun bien réel. Et je mesure donc les choses à la lumière de leur imperfection ou du mauvais ; sur cette base, je peux dire ce qui n'est pas bon, mais je refuse de perdre mon temps à essayer de définir ce qui est censé être bon... »

Polly bâilla bruyamment. Wesley alluma une autre cigarette.

« Je ne suis pas un homme heureux, confessa Everhart, mais je sais ce que je fais. Je sais ce que je sais en ce qui concerne John Donne et le Barde de Stratford ; je peux expliquer à mes étudiants ce qu'ils veulent dire. J'irais même jusqu'à dire que je comprends Shakespeare en profondeur – lui, comme moi, était conscient de l'imperfection bien au-delà de ce qui est généralement admis. Nous sommes d'accord à propos d'Othello, qui, en dépit de sa crédulité et de sa naïveté innées, voyait en Iago une rancune de petit termite inoffensif, faible et impuissant autant qu'inconséquent. Et Roméo et son impatience fantasque ! Et Hamlet ! Imperfection, imperfection ! Il n'y a pas de bien. Il n'y a aucun fondement pour le bien, et aucun fondement pour la morali...

— Tu me casses les oreilles ! coupa George. Je ne suis pas un de tes étudiants stupides.

— Quel ennui ! ajouta une des filles.

— Oui ! clama Everhart. Espoir bien grand pour un résultat bien mince ! Shakespeare l'a dit dans *Peines d'amour perdues*. Oui ! C'est ça ! Un résultat bien mince et un espoir bien grand... Mais je ne peux pas me plaindre : j'ai un bon poste à l'université, comme nous avons la naïveté de l'appeler ; et je vis heureux dans un appartement confortable, avec mon père vieillissant et mon jeune frère impétueux ; je dors bien ; je bois suffisamment de bière ; je lis des livres et j'assiste à d'innombrables événements culturels ; et je connais quelques femmes...

— Ah vraiment ? s'écria George, en penchant la tête pour continuer à dormir pendant le monologue.

— Mais tout cela est sans importance, décréta Everhart. La révolution du prolétariat est la seule chose qui compte aujourd'hui et si ce n'est pas le cas, alors c'est quelque chose qui lui est lié – le socialisme, l'antifascisme international. La révolte a toujours été présente pour nous, mais nous la découvrons *en force* à présent. L'écriture de la paix, après la guerre en cours, sera remplie de feux d'artifice... Il n'y a que deux définitions pour la paix de l'après-guerre : la bonne paix et la paix raisonnable. La paix raisonnable, comme nous le savons tous, c'est la paix de l'homme d'affaires ; mais, *bien entendu*, l'homme d'affaires veut une paix raisonnable fondée sur les traditions de l'Amérique – c'est un homme d'affaires, il fait des affaires ! Cela, les révolutionnaires le négligent : ils oublient que l'homme d'affaires dépend des affaires autant que les révolutionnaires dépendent d'un soutien privé... Supprimez l'un comme l'autre et ces deux classes disparaissent en tant que classes. L'homme d'affaires veut exister lui aussi – mais, naturellement, il a tendance à exister aux dépens des autres, et par conséquent les révolutionnaires ne sont pas aveugles à ce qui est mauvais. Ce que je veux savoir, c'est ceci : si les révolutionnaires n'approuvent pas le libéralisme économique, ou le laisser-faire, ou l'entreprise privée...

— Ou tout ce qu'on voudra ! ajouta George.

— Oui... Si c'est le cas, qu'est-ce que les révolutionnaires approuvent ? Beaucoup de choses, bien sûr : je respecte leur connaissance du mal, mais je ne parviens pas à voir le bien qu'ils envisagent ; les États parfaits, comme c'est le cas avec les révolutionnaires les plus jeunes et les plus délirants. Mais les plus âgés, avec leur discours apaisé sur le pays où un homme peut faire son travail et tirer profit de son travail ; où il peut vivre dans une sécurité coopérative plutôt que dans une hystérie compétitive – ces révolutionnaires plus âgés montrent un peu plus de discernement, mais je doute encore qu'ils sachent ce qu'est le bien : ils savent seulement ce qu'est le mal, comme moi. Leurs rêves sont magnifiques, mais insuffisants, improbables et surtout en deçà de l'objectif.

« Pourquoi en est-il ainsi ? se demanda tout haut Everhart. C'est parce que le mouvement progressiste n'accorde aucune place à l'esprit : c'est un mouvement strictement matérialiste, il est en ce sens limité. En vérité, un monde d'égalité économique et d'enthousiasme coopératif pourrait favoriser de plus grands accomplissements pour ce qui est de l'esprit – des résurgences dans la culture, des Renaissances –, mais dans l'ensemble c'est une doctrine matérialiste et à courte vue. Elle n'est pas visionnaire, comme le croient les marxistes. Je veux dire, des mouvements spirituels pour l'esprit ! Et cependant, mes gentes dames et gentils messieurs, qui peut refuser le socialisme ? Qui peut se lever et déclarer que le socialisme est un mal, lorsque chacun, dans les confins de sa conscience, sait qu'il est moralement vrai ? Mais est-ce un Bien ? Non ! C'est seulement un rejet, dirons-nous, du *non*-Bien... et jusqu'à ce que la preuve du contraire soit faite, dans la suite des temps, je ne pourrai pas l'embrasser avec ferveur, je ne pourrai que sympathiser avec la cause. Je dois continuer à chercher...

— Cherche ! s'exclama George, en agitant les bras de façon théâtrale.

— Et pendant ce temps-là, je serai libre : si ce processus

dénie ma liberté, je ne pourrai plus chercher. Je serai libre tout le temps, à tout prix : l'esprit ne s'épanouit que dans le libre.

— On n'arrête pas la marche du temps ! suggéra Polly d'une voix lasse.

— Vous savez quoi ? demanda Everhart.

— Oui, je sais ! clama George.

— Les socialistes vont se battre pour la liberté, gagner et écrire la paix – dans cette guerre ou la suivante, et ils mourront en ayant vécu pour les droits de l'homme inviolables. Et viendront alors les Humanistes, et ces Humanistes – grands scientifiques, penseurs, intermédiaires, promoteurs... poseront les fondations, au cours des jours de la non-guerre, du monde futur du plus-jamais-la-guerre. Les Humanistes travailleront et ouvriront la voie de l'ultime et fabuleuse race des hommes, qui viendra sur la terre au cours d'une ère pour laquelle le monde a saigné pendant des siècles, l'ère de la paix et de la culture universelles. La race finale des hommes, inévitable et fabuleuse, n'aura rien d'autre à faire que se cultiver, se livrer à la contemplation créatrice, manger, faire l'amour, voyager, converser, dormir, rêver et uriner dans des toilettes en plastique. Bref, les Grands Romantiques seront arrivés en force, libres d'accomplir *toutes* les fins de l'humanité, sans le moindre souci, si ce n'est que les Anglais continueront de préférer Shakespeare quand le reste du monde lira Everhart ! »

George leva les yeux depuis sa position sous la table où il était allé chercher une pièce de monnaie : « Ça alors, Bill, tu ne m'avais pas dit que tu voulais être écrivain. »

Bill Everhart agita la main nonchalamment : « Tu ne crois pas que je ferais un écrivain splendide ? »

George prit une expression désabusée : « Ne quitte pas l'enseignement. Je pense que tu ferais un écrivain puant. Everhart, tu es un indécrottable pédagogue et un universitaire pénible, et un petit pédant, autoritaire et odieux.

— Bref... Bill..., ajouta Polly avec un sourire moqueur, tu es un salaud.

— Et, par-dessus le marché, un baratineur. Un bibelot bilieux sur l'étagère du temps, dit George en reniflant avec une délectation évidente, et une protubérance sur la face des choses. »

Polly se mit à glousser de nouveau, son long cou blanc s'étirant et révélant la fine chaîne de la croix qu'elle portait. Wesley la contemplait avec un air affectueux et, plaçant sa main sur sa nuque, il fit tourner son visage vers le sien et embrassa ses lèvres entrouvertes, surprises. Il trouva qu'elles répondaient instantanément et même passionnément. Polly rit et fourra son visage contre le revers de sa veste, la masse de ses cheveux formant un somptueux oreiller brun sur lequel il posa sa joue.

« Day, je continue de penser que tu ne sais pas ce que tu dis, dit Everhart sur un ton accusateur.

— Oh, nom de Dieu, ça suffit avec cette conversation absurde ! Je suis morte de fatigue. Allons-nous-en ! » C'était Eve qui venait de parler, la fille qui s'était endormie. Elle se tourna vers sa voisine en bâillant : « Tu n'es pas fatiguée, Ginger ? »

Ginger, qui avait observé un silence ennuyé pendant toute la soirée, entrecoupé par les rares baisers échangés avec Everhart, son petit ami, bâilla une réponse affirmative.

« Non, merde ! Nous étions censés nous soûler vraiment, ce soir, objecta Polly, calée sur l'épaule de Wesley. Nous n'avons encore rien bu.

— Bon, qu'ils commandent une bouteille... Je veux m'en aller, ça suffit comme ça, dit Eve en sortant un petit miroir de son sac. Oh, merde, je fais peur à voir ! »

« Tu n'as pas dit grand-chose ce soir », fit Ginger, espiègle, à Wesley. Elle fut récompensée par un petit sourire en coin.

« N'est-ce pas qu'il est mignon ! » s'écria Polly, ravie.

Wesley leva la main en faisant semblant de la gifler.

« Où est-ce que vous voulez aller maintenant ? demanda George à Eve.

— Oh, rentrons. On mettra de la musique et on dansera. Et puis j'ai une paire de bas à laver pour demain matin.

— Je croyais que tu les avais lavés cet après-midi ! dit Ginger.

— J'ai commencé à lire une histoire dans *True Story Magazine* et j'ai oublié de le faire.

— Idiote !

— Amusons-nous ! coupa Everhart en frappant la table du plat de la main. Je veux me soûler à mort.

— C'est déjà fait, morveux, répliqua Ginger. Eve, tu pourras laver mes bas de soie tant que tu y es... J'en ai besoin pour demain soir.

— Je le ferai si tu vas chercher mon grille-pain chez Macy's demain.

— Demain, j'ai un défilé dans l'après-midi, entre

deux et quatre », pleurnicha Ginger en faisant face à Eve. Elles réfléchirent un instant pendant que George Day bâillait. « Mais tu peux passer le prendre après ! » dit Eve.

Ginger hésita un instant.

« C'est seulement à cinq blocs de chez toi, supplia Polly, manifestant un soudain intérêt pour les affaires de son monde.

— Il faut que je me fasse faire une permanente, Polly, répondit Ginger, avec un accent de désespoir dans la voix.

— Tu auras tout le temps.

— Bien sûr ! » ajouta Polly.

Ginger était prise au piège et elle le savait ; prise au piège de la logique insistante des femmes, aussi sûrement que d'autres avaient été prises au piège avant elle.

« Bon, très bien, je peux le faire, j'imagine », conclut-elle, réticente. Les deux autres filles, satisfaites, se calèrent contre le dossier de la banquette.

Wesley, qui avait observé et écouté, pendant que les deux autres hommes rêvassaient, s'était appuyé, satisfait lui aussi, contre le dossier de son siège. Il regardait Polly et se posait des questions à son sujet : elle s'était très bien comportée toute la soirée, exceptionnellement bien selon lui, mais elle venait de montrer son vrai visage. Polly était une femme ! Mais après avoir serré avec sa main le bras de Polly, après qu'elle eut effleuré son menton de ses lèvres en murmurant « Bouh ! » et pincé son nez, il décida que les femmes avaient certaines qualités.

« Où et quand partons-nous ? demanda George.

— À la maison, dit Eve en saisissant son sac de ses

doigts effilés aux ongles brillants. Que l'un de vous deux achète une bouteille.

— Je vais le faire, marmonna Everhart. Nom de Dieu, je vais en prendre deux.

— Allons-y », s'écria Polly.

Dans la rue et la fraîcheur de la nuit, elle prit le bras de Wesley et improvisa un petit pas de danse pendant qu'Everhart traversait Broadway en direction d'un *liquor store*. Les autres bavardaient et riaient ; chacun avait admis son ivresse, sauf Wesley qui haussait les épaules, perplexe. Ils rirent.

Sur le chemin de l'appartement de Ginger et d'Eve, ils étaient tous très joyeux et ils descendirent la rue, les six de front, Everhart chantant *La Marseillaise*. À l'entrée d'une impasse, Day ordonna au groupe de s'arrêter et but à leur santé au goulot de la première bouteille. Ils firent tous de même, Wesley buvant d'un trait ce qui devait être l'équivalent d'un demi-litre de whisky.

« Tu es du Tennessee ? demanda Ginger d'une voix pâteuse pendant que les autres, sidérés, gloussaient.

— Certainement pas, madame ! » répondit Wesley avec un sourire piteux.

Ils rirent bruyamment et reprirent leur marche. À partir de là, Wesley n'avait plus eu conscience que de trois choses : qu'il était à New York, la nuit, parce qu'ils marchaient dans un canyon profond entre de grands immeubles dont les corniches penchaient follement, et que les étoiles étaient très loin de tout ça, s'inclinant, distantes, fraîches là-haut, et résolument sobres ; et finalement il s'était rendu compte, au moment où ils gravissaient les marches du perron qui menait à l'appartement, qu'il avait à la main une bouteille vide et s'était tourné pour la lancer très haut au milieu de la rue tout aussi vide, et quand elle avait explosé en mille morceaux et que les filles avaient hurlé, il avait voulu leur dire que *ça* c'était ce qu'il avait pensé de toute la discussion qu'ils avaient eue pendant toute la soirée.

Chapitre 2

Jour nouveau

Lorsqu'il se réveilla, Wesley ne fut pas surpris de ne pas savoir où il se trouvait. Assis au bord du lit, il était ennuyé parce qu'il pouvait voir tous ses vêtements, à l'exception de ses chaussettes. Après avoir enfilé sa chemise, son pantalon et sa veste, il s'accroupit sur le plancher, pieds nus, pour jeter un coup d'œil dessous. Pas de chaussettes en vue.

Il sortit de la chambre, après un dernier regard vers Polly endormie, et se mit à explorer le reste de l'appartement à la recherche de ses chaussettes. Il entra dans la salle de bains, emplie d'une vapeur qui sentait le savon, et se mit à fouiller dans un fatras de sous-vêtements en soie, de bas en rayonne qui séchaient, de combinaisons jetées çà et là. Il ne trouvait pas ses chaussettes. En dernier recours, il jeta un coup d'œil sous la baignoire. Rien.

Il se brossa les dents avec l'index, s'aspergea le visage à l'eau froide, éternua deux ou trois fois, et il partit d'un pas traînant vers le salon, ses mocassins à la main.

Everhart était assis près de la fenêtre et lisait un numéro du *Reader's Digest*.

« Qu'est-ce que j'ai foutu de mes chaussettes ? » était la seule chose que voulait savoir Wesley.

« Oh, salut, Wesley ! Comment tu te sens ? » lança Bill en ajustant ses lunettes pour le dévisager.

Wesley s'assit pour enfiler ses mocassins sur ses pieds nus.

« Mal, concéda-t-il.

— Pareil pour moi... Qu'est-ce que tu dirais d'un peu de bromure ? Je m'en suis fait un dans la cuisine.

— OK, merci. »

Ils allèrent jusqu'au garde-manger dans la cuisine, où filtrait une fragile lumière matinale bleu-rose en provenance de la rue. Everhart prépara la potion pendant que Wesley inspectait le contenu du réfrigérateur et s'emparait d'une orange glacée.

« Nous sommes les seuls debout, lança Everhart. George fait toujours la grasse matinée. Eve est partie travailler ce matin... Je ne peux pas dire que je l'envie après ce qu'elle a bu hier soir.

— Eve, c'est ta petite amie ? » interrogea Wesley.

Everhart lui tendit le verre de bromure. « J'ai passé la nuit avec elle ; George était avec Ginger. »

Wesley avala le breuvage.

« Eve travaille chez Heilbroner[1], elle finit à midi. Ginger va devoir se lever bientôt – elle est mannequin. Merde ! Quelle nuit... »

Everhart suivit Wesley qui repartait vers le salon.

« Polly est réveillée ? » demanda Bill.

1. Weber & Heilbroner, magasin de vêtements pour hommes dans Lower Manhattan.

Wesley haussa les épaules. « Pas quand je me suis levé.

— Tu es la coqueluche de ces dames, dit Everhart en riant pendant qu'il allumait la radio. Elle s'est jetée sur toi hier soir ; c'est rare chez Polly.

— Très mignonne », répliqua Wesley, pensif. Il s'approcha de la fenêtre et s'assit sur le rebord ; il en poussa un pan et jeta un coup d'œil dans la rue. C'était une matinée fraîche, ensoleillée. Les maisons en pierre brune, qui rappelaient le New York d'autrefois, s'élevaient, masse d'un brun sombre, contre le ciel d'un bleu magique ; une brise aux ailes roses entrait par la fenêtre entrouverte. Une odeur piquante d'eau de mer emplissait l'atmosphère matinale.

Une ballade de Bing Crosby passait à la radio. Wesley balaya du regard toute la rue et découvrit l'Hudson, bien visible tout au bout, miroir brillant tacheté par les navires marchands.

Everhart était derrière lui à présent : « Qu'est-ce que tu fais dans la vie, Wes ? »

Wesley pointa le doigt vers les navires sur le fleuve.

Everhart regarda dans la même direction : « Tu es dans la marine marchande, c'est ça ? »

Wesley hocha la tête, en offrant une cigarette à son nouvel ami ; ils les allumèrent en silence.

« C'est comment ? » demanda Everhart.

Wesley tourna ses yeux bruns vers Bill : « C'est mon chez-moi, enfin j'essaie.

— Plutôt solitaire, non ?

— Ouais, concéda Wesley en soufflant deux vrilles de fumée par le nez.

— J'ai toujours pensé à l'océan, aux bateaux, ce genre de trucs, dit Everhart, le regard fixé sur les navires au loin. Me tirer loin de toute cette foutaise. »

Ils entendirent les rires des femmes en provenance des chambres, riches éclats d'une hilarité contenue qui fit surgir une expression piteuse sur le visage d'Everhart : « Les filles sont debout. Merde, de quoi peuvent-elles bien rire ?

— Les femmes rient toujours comme ça, dit Wesley en souriant.

— C'est bien vrai, admit Everhart. Mais ça m'énerve chaque fois. Je me demande si elles rient de moi... »

Wesley sourit à Everhart : « Pourquoi feraient-elles un truc pareil, mec ? »

Everhart rit et retira ses grosses lunettes pour les nettoyer. Il avait l'air bien plus jeune sans : « Je vais te dire un truc quand même. Il n'y a rien de plus beau le matin que le son des rires de femmes dans la chambre à côté ! »

Wesley ouvrit la bouche et écarquilla les yeux, avant de laisser se dessiner son rire silencieux si caractéristique.

« L'appartement est à qui ? demanda Wesley en jetant son mégot dans la rue.

— À Eve, répondit Everhart en ajustant ses lunettes. Elle picole sec. »

Depuis la chambre voisine, la voix un peu blessée de Polly retentit : « Mon Wesley est parti ?

— Non, il est encore là, lança Everhart.

— C'est mon chéri ! » clama Polly, de la chambre.

Wesley, toujours assis près de la fenêtre, sourit. Everhart s'approcha de lui : « Pourquoi tu n'y retournes pas ?

— Ça me suffit. J'ai fait que ça pendant deux semaines », dit Wesley sur le ton de la confidence.

Everhart éclata de rire. Il chercha sur la radio un programme qui lui plairait.

« *The Battle Hymn of the Republic*, annonça-t-il. Un excellent morceau d'autrefois, non ? Ça te fait penser à quoi ? »

Ils écoutèrent tous les deux un moment, puis Wesley répondit : « Abe Lincoln et la guerre de Sécession, je suppose. »

Ginger fit irruption dans la pièce et dit d'une voix étranglée : « Mon *Dieuuu* ! Vous avez vu l'état de cette pièce ? » C'était en effet une vision assez accablante : fauteuils renversés, bouteilles, verres, shakers à cocktail un peu partout, un vase brisé près du sofa. « Il va falloir que j'arrange ce foutoir avant d'aller travailler, ajouta-t-elle, se parlant à elle-même. Comment tu te sens, Shortypants ? » demanda-t-elle à Everhart. Et puis, sans attendre sa réponse : « Wes ! Tu m'as l'air en pleine forme, toi. Tu n'as pas la tête à l'envers ? »

Wesley pointa le menton en direction d'Everhart : « Il m'a donné un bromure. Ça m'a remis d'équerre.

— D'équerre, répéta Everhart. La dernière fois que j'ai entendu cette expression...

— George dort encore ! coupa Ginger, soudain affairée, ramassant les bouteilles vides et tout ce qui traînait. C'est un vieux flemmard.

— La dernière fois que j'ai entendu "d'équerre", c'était à Charlotte, en Caroline du Nord, poursuivit Everhart.

Ils avaient aussi l'habitude de dire, quand on demandait où se trouvait quelque chose, que c'était "par là-bas". Je croyais que tu étais du Vermont, Wes ?

— C'est exact, répondit Wesley en souriant. Mais je me suis baladé dans tout le pays. J'ai passé deux ans dans le Sud. Leurs expressions, elles me viennent naturellement.

— Tu as été en Californie ? demanda Everhart.

— Partout... Quarante-trois États. Je crois qu'il me manque le Dakota, le Missouri, l'Ohio et quelques autres.

— Qu'est-ce que tu foutais, tu te baladais ? interrogea Everhart.

— J'ai travaillé ici et là.

— Oh là là, il est déjà dix heures ! s'écria Ginger. Prenons le petit déjeuner tout de suite, il faut que je file !

— Tu as des œufs ? demanda Everhart.

— Oh, zut ! On a mangé les derniers hier matin avec Eve. »

Polly fit son entrée dans le peignoir de Ginger, souriante après sa douche. « Je me sens mieux, annonça-t-elle. Bonjour, Wesley ! » Elle s'approcha de lui et avança les lèvres : « Embrasse-moi ! » Wesley déposa un petit baiser sur sa bouche, puis il souffla lentement la fumée de sa cigarette sur son visage.

« Donne-moi une taffe ! ordonna Polly, la main tendue vers sa cigarette.

— Je vais descendre acheter des œufs et des beignets pour le petit déjeuner, dit Everhart à Ginger. Fais du café.

— OK !

— Tu viens avec moi, Wes ? » lança Everhart.

Wesley passa sa main dans les cheveux de Polly et se leva : « D'accord !

— Tu reviens tout de suite, dit Polly, les yeux mi-clos à travers la fumée de la cigarette, avec une petite moue séductrice.

— On revient tout de suite ! » cria Everhart en donnant à Wesley une claque dans le dos.

Dans l'ascenseur, ils pouvaient encore entendre les accords de l'hymne en provenance de la petite radio d'Eve.

« Ce morceau te fait penser à Abe Lincoln et à la guerre de Sécession, se souvint Everhart. Il me fait le même effet, mais il me rend dingue aussi. Je veux savoir ce qui a salement mal tourné, et qui a vraiment trinqué. » L'ascenseur arriva au rez-de-chaussée et les portes s'ouvrirent automatiquement. « Ce cri d'autrefois, "America ! America !" qu'est-ce qu'il lui est arrivé ? Et à sa signification ? On dirait qu'une Amérique, ça n'est que ça – America, un mot magnifique pour un monde magnifique – jusqu'à ce que les gens débarquent tout simplement sur ses rivages, combattent les peuples sauvages indigènes, transforment le pays, l'enrichissent, et puis s'allongent pour bâiller et roter. Wes, si tu étais assistant comme moi en littérature anglaise, avec ses chants, ses chants qui ne cessent de répéter : "En avant ! En avant !" et puis que tu jettes un coup d'œil à ta classe, tu regardes par la fenêtre et ton Amérique est là, tes chants, ton cri du pionnier s'apprêtant à braver l'Ouest – classe entière d'abrutis morts d'ennui, fenêtre sale donnant sur Broadway et ses boucheries et ses bars et Dieu sait quoi encore. Est-ce que ça veut dire que les frontières vont se situer dans l'imaginaire dorénavant ? »

Wesley, il faut le reconnaître, n'écoutait pas très attentivement : il n'était pas sûr de comprendre les divagations de son ami. Ils étaient dans la rue à présent. Un peu plus loin devant eux, un Noir était en train de tasser du charbon dans un nid-de-poule sur le trottoir : le charbon étincelait sous le soleil matinal comme une petite colline noire couverte de pierres précieuses.

« C'est ce qui se passe, continua Everhart pour se rassurer. Et c'est porteur d'une promesse. Mais fini la romance ! Fini les peaux de daim et les fusils à aiguille et les bonnets en peau de raton laveur, et les grogs à Fort Dearborn, les randonnées le long du fleuve, fini la Californie. La situation présente, c'est la fin de tout ça. Si la Californie s'était étirée autour du monde pour revenir jusqu'à la Nouvelle-Angleterre, nous pourrions être poussés éternellement vers l'ouest, pour redécouvrir et reconstruire et progresser jusqu'à ce que la civilisation prenne l'aspect d'une course cycliste de six jours, avec des possibilités nouvelles à chaque tour de piste... »

Wesley, contournant avec son ami bavard la pile de charbon, s'adressa au type à la pelle.

« Hé, Pops ! Ne travaille pas trop dur ! »

Le type leva la tête et sourit joyeusement : « Fais gaffe, mon pote ! s'écria-t-il, aux anges, en s'appuyant sur sa pelle. On s'comprend – je m'casse pas les reins ! Ho, ho !

— C'est la solution, Pops ! dit Wesley en lui souriant.

— Je te jure, poursuivit Everhart en ajustant ses lunettes, si on était en 1760, je serais en route vers l'ouest avec les trappeurs, les explorateurs et les chasseurs ! Je ne suis pas très robuste, c'est vrai, mais je veux une vie qui ait du sens, avec une impulsion, et irrésistible avec ça. Je suis à Columbia à donner des cours – et puis quoi ? Je n'accomplis rien. Mes théories sont acceptées et c'est tout ce qu'on peut en dire. J'ai vu comment les idées étaient acceptées et mises de côté à titre de références... C'est pour cette raison que j'ai renoncé à écrire depuis longtemps. J'ai trente-deux ans. Je n'écrirais pas un livre, même si on me donnait un million. Ça n'a aucun sens. Ces explorateurs aux yeux de lynx... c'était eux, les poètes américains ! Les grands poètes inconscients qui ont vu les collines à l'ouest, et ils étaient contents et il n'y a rien de plus à dire : ils n'avaient pas besoin de s'extasier, leurs vies faisaient ça avec plus de puissance qu'un Whitman ! Tu lis beaucoup, Wes ? »

Ils étaient à présent sur Broadway, déambulant sur le large trottoir. Wesley s'arrêta pour peler son orange au-dessus d'une poubelle municipale et, après un silence pendant lequel il plissa un front assombri par la pitié, il dit : « J'ai connu un jeune marin du nom de Lucian Smith ; il essayait toujours de me faire lire, parce que je ne lisais pas beaucoup. » Il laissa tomber la dernière pelure d'orange dans la poubelle avec un grand geste, à la fois lent et pensif. « Luke a finalement réussi à me faire lire un livre. C'était un gamin adorable et je voulais qu'il se sente bien, comme s'il m'avait rendu un grand service. Donc j'ai lu le livre qu'il m'a donné.

— C'était quoi ?

— *Moby Dick*, dit Wesley en faisant un petit effort pour se souvenir.

— Herman Melville », ajouta Everhart en hochant la tête.

Wesley coupa l'orange en deux et en offrit une moitié à son ami. Ils reprirent leur marche en mangeant. « J'ai lu *Moby Dick*. Je l'ai lu lentement, environ cinq pages tous les soirs, parce que je savais que le gamin allait me poser des questions.

— Tu as aimé ? » demanda Everhart.

Wesley cracha un pépin d'orange, avec le même air grave. « Ouais, répondit-il.

— Qu'est-ce qu'il t'a posé comme questions le petit Smith ? » insista Everhart.

Wesley tourna son visage troublé vers son inquisiteur et le regarda fixement un instant.

« Toutes sortes de questions, finit-il par dire. Toutes sortes. C'était un type intelligent.

— Tu te souviens d'une de ses questions ? »

Everhart sourit, conscient de son indiscrétion.

Wesley haussa les épaules : « Non, pas comme ça.

— Il est où maintenant ?

— Le petit ?

— Oui... »

Les plis disparurent sur le front de Wesley. Une expression pétrifiée, impassible, de défi presque, apparut sur son visage qu'il détourna.

« Lucian Smith, il a sombré. »

Everhart jeta un regard irrité à son compagnon : « Tu veux dire qu'il s'est noyé après avoir été torpillé ? » Everhart prononça ces mots sur un ton incrédule. Il ajouta rapidement : « Il est mort ? C'est arrivé quand ? Pourquoi est-il... Ça s'est passé où ? »

Wesley plongea une main dans la poche arrière de son pantalon et dit : « Au large du Groenland, en janvier. » Il sortit son portefeuille de marin, un objet assez imposant équipé d'une chaînette. « Tiens, c'est lui, annonça-t-il en tendant à Bill une petite photo d'identité. Smith était un type bien. »

Everhart la prit et s'apprêtait à dire quelque chose, mais il se retint, un peu nerveux. Un regard triste le dévisageait depuis la photo, mais il était trop troublé pour en faire quoi que ce soit : la présence sombre de Wesley, les bruits de la rue changeant de tempo avec ce jour nouveau qui commençait, la chaleur radieuse du soleil et la musique en provenance d'un magasin qui vendait des radios, tout cela semblait emporter ce petit visage aux traits tirés et aux yeux tristes vers un endroit lointain, désolé, oublié, vers un monde irréel qui avait aussi peu d'importance que le minuscule morceau de celluloïd qu'il tenait entre ses doigts. Bill rendit la photo et ne put rien dire. Wesley ne la regarda pas et la glissa dans son portefeuille en disant : « Où allons-nous pour les œufs ?

— Les œufs..., répéta Everhart, en ajustant lentement ses lunettes. Par ici, à deux blocs. »

Sur le chemin du retour, les bras chargés de paquets, ils ne dirent pas grand-chose. En passant devant un bar, Wesley pointa le doigt et esquissa un sourire : « Viens, mon pote, allons prendre un petit déjeuner vite fait. »

Everhart suivit son compagnon dans la pénombre fraîche du bar, exhalant la propreté et la bière glacée, et ils s'assirent près de la fenêtre au soleil, les rayons passant à travers les fentes des volets. Wesley commanda deux bières. Everhart baissa les yeux et remarqua que son ami portait ses mocassins sans chaussettes ; il avait les pieds posés sur la barre en cuivre, avec le calme qui semblait caractériser tout son être.

« Quel âge as-tu, Wes ?

— Vingt-sept.

— Combien de temps que tu es marin ? »

Les bières furent posées devant eux par un barman morose. Bill jeta un *quarter* sur l'acajou du comptoir.

« Six ans, répondit Wesley en levant le verre doré dans le rayon de soleil pour observer l'effervescence des bulles minuscules qui montaient à la surface.

— Tu as mené une vie plutôt insouciante, hein ? poursuivit Everhart. Débauche dans les ports et retour en mer. Et pendant ce temps...

— Exact.

— Tu ne t'es jamais soucié de planter des racines dans la société, je suppose.

— Essayé une fois, essayé de planter des racines, comme tu dis... J'avais une femme, un bébé en route, un boulot stable, on avait une maison. » Wesley s'interrompit et but une gorgée pour faire passer les pensées amères. Il continua : « Je me suis tiré après la naissance du bébé, mort-né, ce genre de conneries. Je suis parti sur la route, j'ai vagabondé dans tous les États-Unis et j'ai fini par m'embarquer. »

Everhart écoutait avec sympathie, mais Wesley en avait terminé.

« Bon, soupira Bill en frappant le bar du plat de la

main, moi, je me retrouve à l'âge de trente-deux ans exceptionnellement libre et chanceux, mais honnêtement je ne suis pas heureux.

— Et alors ! répliqua Wesley. Être heureux, c'est bien quand c'est à sa place, mais il y a des choses plus importantes.

— C'est le genre de déclaration que je devrais faire, ou que devrait faire n'importe lequel des créateurs dont je commente les œuvres, mais venant de toi, roué et indubitablement je-m'en-foutiste, qui sais comment s'y prendre avec les femmes et qui bois comme trois sans broncher, ça paraît un peu étrange. Tu n'es pas heureux quand tu claques ta paye dans un port ? »

Wesley fit un geste de la main pour signifier son dégoût : « Merde, non ! Qu'est-ce que je peux faire d'autre avec mon argent ? Je n'ai personne à qui l'envoyer, à part mon père et un de mes frères qui est marié, et quand c'est fait, j'en ai encore trop – en réalité, je le jette par les fenêtres. Je ne suis pas heureux à ce moment-là.

— Quand es-tu heureux ?

— Jamais, je suppose. Il y a quelques trucs que j'adore, mais ça ne dure pas. Je veux parler de la plage.

— Alors tu es heureux en mer ?

— Je suppose... Je me sens chez moi en tout cas, et je connais mon boulot et ce que je fais. Je suis un matelot breveté[1], tu comprends... mais pour ce qui est d'être heureux en mer, je ne sais vraiment pas. Merde, c'est quoi le

1. Matelot breveté ou « homme de pont » sur un navire : ses tâches principales sont l'évaluation de la cargaison, l'amarrage et le désamarrage, tenir la barre et être de quart sur la passerelle, en tant que membre de l'équipage, ainsi que l'entretien général du navire.

bonheur de toute façon ? » Il y avait un accent de mépris dans la voix de Wesley.

« Ça n'existe pas ? suggéra Bill.

— Des hauts et des bas, nom de Dieu ! » lâcha Wesley en souriant et secouant la tête.

Bill commanda deux autres bières.

« Mon vieux est barman à Boston, dit Wesley sur le ton de la confidence. C'est un sacré vieux bouc.

— Le mien travaillait sur un chantier naval, mais il est âgé et affaibli à présent. Il a soixante-deux ans. Je prends soin de lui et de mon petit frère, financièrement, pendant que ma sœur mariée, qui vit chez moi avec son minable de mari, les nourrit et s'occupe d'eux. Leur gamin va à l'école publique – un petit morveux courageux. »

Wesley écoutait sans faire de commentaire.

« J'aimerais connaître un grand changement, déployer mes ailes et voir si elles peuvent me faire voler, confessa Bill. Tu sais quoi ?... J'aimerais tenter le coup dans la marine marchande !

— Tu en es où avec l'armée ? demanda Wesley.

— Je suis conscrit pour l'instant, à moins que mon appel soit arrivé avec le courrier de ce matin, répondit Bill, songeur. Mais j'aime vraiment l'idée ! » Everhart médita en silence pendant que l'autre allumait une cigarette et inspectait la braise rougeoyante. Il allait avoir besoin d'un peu d'argent, sachant que le vieux devait se faire opérer d'une hernie. Qu'est-ce que le docteur avait dit ?... Sept mois ? Et le petit voudrait peut-être entrer à Columbia University dans cinq ou six ans.

« Combien tu peux te faire en un voyage ? » finit par demander Bill.

Wesley, qui venait de boire une gorgée, resta silencieux un moment, se délectant de sa bière.

« Eh bien, ça dépend. Tu gagnerais un peu moins en tant que matelot ordinaire. Le tour jusqu'en Russie te rapporterait, net, environ mille quatre cents dollars en cinq ou six mois, avec la paye, les bonus en mer, les bonus portuaires et les heures supplémentaires. Mais un trajet plus court, comme l'Islande ou la côte jusqu'au Texas, ou encore le tour jusqu'en Amérique du Sud, ne te rapporterait pas autant en un seul voyage. »

Deux ou trois petits trajets, ou un long, rapporteraient certainement une somme rondelette. Everhart, qui gagnait trente dollars par semaine à l'université et partageait le loyer avec son beau-frère, avait toujours eu suffisamment d'argent, mais jamais assez pour pouvoir épargner ou poser les fondations d'une sécurité future. Il se débrouillait pour gagner quelques dollars de plus en donnant des cours particuliers à ses étudiants au moment des examens. Mais, depuis 1936, quand il avait obtenu sa maîtrise de lettres et eu la chance de trouver un poste d'assistant à l'université, il avait été plus ou moins en roue libre, dépensant tout l'argent qu'il gardait pour lui et passant sa vie à haranguer les étudiants, les professeurs et les gens comme George Day. Bref, une vie vaguement civilisée à New York. Il avait beaucoup étudié et s'était révélé brillant. Mais l'agitation qui s'était propagée dans son être loquace au cours des années passées comme assistant en littérature anglaise, une sorte d'aiguillon dans le cours de sa vie satisfaite et quelque peu dépourvue de sensations, refluait à présent vers lui comme une accusation virulente. Que faisait-il de sa vie ? Jamais il ne s'était attaché à une femme, en dehors de la joyeuse promiscuité sexuelle entretenue avec plusieurs jeunes femmes dans son voisinage immédiat. Ses collègues à l'université, qu'il considérait avec une pointe de remords, étaient devenus des universitaires à proprement parler, ils portaient de beaux vêtements avec la méticulosité orgueilleuse des jeunes professeurs, ils s'étaient trouvé des épouses, ils louaient des appartements sur le campus ou dans les environs, et ils s'étaient mis à vivre des existences sérieuses et décidées, l'œil rivé sur les promotions et les diplômes honorifiques, et ils étaient habités par une affection authentique pour leurs épouses et leurs enfants.

Lui, au contraire, avait virevolté au cours des six dernières années, drapé dans la cape du génie, jeune pédant enthousiaste proférant toutes sortes de théories, habillé de vêtements miteux, armé d'une conviction éhontée dans l'art de tout critiquer. Il ne prenait jamais le temps d'estimer autre chose que le monde. Il n'avait jamais vraiment accordé la moindre attention à sa propre vie, sinon pour se servir de sa liberté pour discuter du sujet de la liberté. Oui, il était l'Everhart qui avait déclaré devant sa classe entière, lors d'une matinée triomphale quand la neige battait les vitres, que l'art était la révolte du libre...

Théories ! Conférences ! Exposés ! Trente dollars par semaine. Retour à la maison le soir, où le vieux ronflait dans son fauteuil, correction des copies et préparation des notes pour les conférences ; au bar avec

George Day, qui préparait sa maîtrise, conversations en buvant des bières et observations désabusées sur tous les sujets, pièces de théâtre, concerts, opéras, conférences ; courses en tous sens, en portant ses livres sous le bras et en saluant tout le monde ; folles soirées pendant le week-end avec diverses connaissances ; puis, nouveau dimanche – lecture du *Times*, ces excellents repas concoctés par sa sœur, les disputes à table avec son vendeur de radios de mari, foutu abruti arrogant, et puis un film avec Sonny le soir au Nemo Theatre, rempli des étudiants de Columbia College, qui balançaient toutes sortes de choses depuis le balcon. Nouveau lundi matin, cours, déjeuner rapide au Sandwich Shop, recherches l'après-midi à la bibliothèque, bière en vitesse avant le dîner, et conférence d'Ogden Nash au McMillin Theatre à vingt heures trente. Puis retour au bar pour une bière, longues discussions avec les garçons – Day, Purcell, Fitzgerald, Gobel, Allen..., assemblée de pseudo-savants la plus imbibée qu'il lui ait été donné de voir –, et finalement retour à la maison, vers un père agonisant, une sœur mouche du coche, un beau-frère humoriste autoproclamé, un petit frère bruyant et un caniche horrible.

Bah ! Everhart se retirait enfin, plaçait ses lunettes à monture d'écaille sur la commode, étirait son corps un peu potelé sur le lit et se demandait où diable tout cela allait mener !

Bon, voici où en étaient les choses à présent : un professeur assistant à l'allure un peu bizarre, âgé de trente-deux ans, que tout le monde dans le quartier appelait « Shortypants ». Le prix à payer pour essayer d'être sans prétention ! Faire comme les autres, rayonner de dignité professorale, et ils finiront par t'appeler William ou Professeur Everhart. Au diable, tout ça !

Perdu ? Ce mot de poète...

« Tu penses embarquer ? »

Everhart, encore perdu dans ses pensées, tourna une mine renfrognée vers Wesley qui interrompait sa rêverie, mais il finit par répondre : « Oui, ne serait-ce que pour changer.

— Buvons une autre bière », suggéra Wesley.

Everhart ne put s'empêcher de rire : « Nous ferions mieux de rentrer, les filles nous attendent, nous et les œufs. »

Wesley agita la main en signe de mépris.

Ils commandèrent d'autres bières. Et d'autres encore. En quarante-cinq minutes environ, ils burent chacun huit bières glacées et amères. Ils décidèrent ensuite de rentrer. Everhart ressentait des picotements un peu partout. Pendant le petit déjeuner, il annonça aux autres qu'il allait embarquer avec Wesley, répétant sa décision à intervalles réguliers. George Day, qui venait de se lever, était assis avec eux, l'air bougon, et mâchait bruyamment en ignorant leur présence.

Everhart, que la bière avait rendu euphorique, lui donnait de grandes claques dans le dos et l'invitait à embarquer avec lui dans la marine marchande. George avait une sale mine, plutôt sombre, et son visage déjà sévère, alourdi par des traits fatigués, faisait savoir qu'il était hostile à la proposition.

Ginger sortit un toast du grille-pain et rit : « Tu n'as pas un cours ce matin, Georgie ? »

Day marmonna quelque chose qui ressemblait à « Histoire du Proche-Orient et de la Grèce antiques ».

« Pfou ! se moqua Everhart en brandissant sa fourchette. Venez avec moi le voir, le Proche-Orient. »

George renifla brièvement et murmura, la bouche pleine de toast : « Tu ne penses pas, n'est-ce pas, Everhart, que je suis ce cours parce que j'ai l'intention d'apprendre quelque chose sur le Proche-Orient ? Le Proche-Orient m'importe autant qu'un verre de lait.

— Ah ! s'écria Everhart. Port-Saïd ! Alexandrie ! La mer Rouge ! Voilà l'Orient... Je vais aller le voir ! »

George rota discrètement et présenta des excuses après un moment de réflexion.

Polly, perchée sur les genoux de Wesley, lui ébouriffait les cheveux et voulait savoir s'il avait une cigarette. Pendant que Wesley sortait un paquet de la poche de sa veste, la fille lui mordit l'oreille avant d'y souffler bruyamment.

« Voyons, voyons, Polly ! » glousa Ginger.

Après le petit déjeuner, Ginger les mit dehors et ferma l'appartement. Elle portait un tailleur marron avec des coutures apparentes et des poches à soufflet sur la veste. Sous celle-ci, une chemise ordinaire.

« C'est le tailleur que je dois présenter ce matin, annonça-t-elle à l'assemblée. Douze quatre-vingt-quinze. Vous ne trouvez pas qu'il est joli ?

— Pas de chichis, pas de gâchis ! commenta Everhart.

— Je peux en avoir un au prix de gros ? demanda Polly, suspendue au bras de Wesley. Vois pour combien tu peux l'avoir. Je te donnerai l'argent. Je le trouve indémodable ! »

Ils étaient dans la rue à présent. George Day, très grand, traînait les pieds, un peu en arrière, pas vraiment capable de la moindre dignité matinale. Polly marchait à grands pas à côté de Wesley, bavardant gaiement, pendant que Ginger et Everhart échangeaient tout ce qui leur passait par la tête. À l'approche de la bouche de métro de la 110e Rue, Ginger les abandonna. « Hé, regardez ! » s'écria George en pointant le doigt vers un bar de l'autre côté de la rue. Ginger, qui s'apprêtait à traverser, se retourna : « Eh, tu vas en cours, Day ! » Elle traversa en courant en direction du métro, les talons effilés de ses chaussures martelant un rapide staccato. « Comment, voulut savoir George, comment une femme avec des jambes pareilles peut-elle être aussi cruelle ? » En arrivant à la 114e, George les quitta avec un bref « Salut, mes chéris » et se dirigea d'un pas maladroit vers son cours, les mains fourrées dans les poches.

« Un gentleman et un pseudo-savant », observa Everhart. Dans l'atmosphère ensoleillée et déjà chaude, un groupe de filles en pantalon approchait. Elles portaient des raquettes de tennis et des ballons de basket, leurs cheveux de toutes les couleurs resplendissaient dans la lumière matinale éclatante. Wesley les jaugea d'un regard très direct. Lorsqu'une des filles siffla, Polly siffla en retour. Près de la petite boutique d'un marchand de cigares, un jeune type aux cheveux bouclés, grand, et un autre qui portait des lunettes rendirent hommage à Polly avec des sifflets rythmés, en harmonie avec leur foulée longue et souple. Polly leur répondit de même.

Ils tournèrent dans la 116e en direction de Riverside Drive.

« Je ferais bien de rentrer chez moi, sinon ma tante va m'assommer, dit Polly en riant, la tête contre le revers de la veste de Wesley.

— Tu habites où ? demanda-t-il.

— Sur Riverside, près de Delta Chi House. Bon, Wes, tu vas où maintenant ? »

Wesley se tourna vers Everhart.

« Il vient avec moi, dit ce dernier. Je vais chez moi annoncer la nouvelle à ma famille. Je n'ai rien à leur demander, mais je veux voir si ça leur va.

— Bill, tu vas vraiment t'engager dans la marine marchande ? Je croyais que tu étais ivre ! confessa Polly en riant.

— Pourquoi pas ? rugit Everhart. Je veux m'éloigner de tout ça pendant quelque temps.

— Et l'université ? coupa Polly.

— Ça ne pose aucun problème. Je dois simplement leur demander des vacances. J'y suis depuis six ans sans la moindre interruption. Ils me doivent bien ça. »

Polly se concentra de nouveau sur Wesley : « Bon, Wes, j'attends ton appel ce soir à six heures – non, disons, sept heures, il faut que je me fasse faire une manucure chez Mae. On va encore passer une folle nuit. Tu connais de bons endroits où aller ce soir ?

— Bien sûr, dit Wesley qui souriait, je m'amuse toujours beaucoup à Harlem. J'ai des amis là-bas, des types avec qui j'ai navigué.

— C'est génial ! chanta Polly. On peut y aller, mais j'aimerais voir un spectacle. Allons au Paramount, *downtown*, voir Bob Hope. »

Wesley haussa les épaules : « Ça me va, seulement je suis fauché en ce moment.

— Aucune importance, je demanderai de l'argent à ma tante ! lança Polly. Et toi, Bill ? Tu veux que j'appelle Eve pour toi ? Je ne crois pas qu'elle ait autre chose ce soir. C'est vendredi aujourd'hui, non ?

— Oui, répondit Bill, songeur. Nous verrons ce soir. Je t'appellerai. Il faut que je voie le doyen Stewart cet après-midi au sujet de mon départ. » Le visage d'Everhart, plissé par la réflexion et l'indécision, était tourné vers le fleuve. Sur le pont arrière d'un tanker, il pouvait voir des sous-vêtements qui séchaient sur une corde et une minuscule silhouette immobile près de la tourelle d'un canon de 105.

« J'arrive à voir quelqu'un sur ce tanker, dit-il en souriant, pointant le doigt vers le navire ancré au loin. Pourquoi il n'est pas à terre, à prendre du bon temps ? » Ils regardèrent tous vers le bas de la rue en direction du tanker.

« Trop d'agitation sur la plage pour lui », affirma Wesley d'une voix étrangement calme. Everhart l'observa d'un œil inquisiteur.

« Wesley ! ordonna Polly. Passe me chercher à sept heures pile. N'oublie pas ! Je t'attendrai... » Elle partit à reculons, les sourcils froncés. « OK ?

— D'accord ! répondit Wesley, imperturbable.

— Salut, les enfants ! clama Polly en s'éloignant dans la rue.

— À plus tard, dit Everhart, avec un petit geste de la main.

— *Adios !* » ajouta Wesley.

Polly se retourna et cria : « Ce soir, sept heures ! »

Bill et Wesley traversèrent la rue, s'arrêtant pour laisser

passer un camion de lait. « Je vis juste au-dessus, dit Everhart en montrant Claremont Avenue. Quelle chaleur aujourd'hui ! »

Wesley, les mains dans les poches, ne répondit rien. Un gentleman âgé d'allure distinguée passa, hochant rapidement la tête en direction d'Everhart.

« Le vieux Parsons en personne », révéla ce dernier.

Wesley sourit : « Merde alors ! »

Everhart donna une grande claque dans le dos de son ami et rit de bon cœur, laissant un instant sa main sur sa fine épaule : « Tu es un drôle d'oiseau, Wes ! »

Chapitre 3

Nous sommes frères, de rire

L'appartement d'Everhart était un interminable couloir sombre, donnant sur plusieurs chambres de part et d'autre. Plus de livres, de magazines et de brochures que n'en avait jamais vus Wesley étaient empilés partout sur des étagères, des tables et dans des bibliothèques.

La sœur de Bill, une femme assez peu cérémonieuse et en plein ménage, cria dans leur direction, par-dessus le vrombissement de l'aspirateur, de ne pas entrer dans le salon. Ils traversèrent dans la pénombre le couloir étroit jusqu'à la chambre de Bill, où les livres étaient de toute évidence en plus grand nombre encore et dans un plus grand désordre que dans le reste de l'appartement. Une immense fenêtre donnait sur les pelouses et les arbres aux branchages luxuriants du campus de Barnard College, où étaient assises quelques étudiantes qui discutaient de leurs cours d'été.

« Tiens, dit Everhart en passant une paire de jumelles à Wesley, vois si tu peux détecter des postures compromettantes là en bas. »

Le visage de Wesley s'illumina sous l'effet d'une

allégresse silencieuse. Les yeux rivés aux jumelles, sa bouche s'entrouvrit à mesure que l'humour de la situation augmentait son plaisir.

« Parfait », commenta-t-il brièvement, son rire silencieux commençant à secouer sa fine ossature.

Bill prit les jumelles et observa attentivement.

« Hum », lâcha-t-il.

« C'est toi, Billy ? lança une voix d'homme depuis la chambre voisine.

— Ouais ! » répondit Everhart, avant d'ajouter pour Wesley : « Le pater... Attends une seconde. »

Bill parti, Wesley s'empara d'un carnet posé devant lui et le parcourut rapidement. Sur la page de garde, quelqu'un avait écrit : « Donne-leur Thomas Wolfe comme il devrait leur être donné : le chant de l'Amérique dans *L'Ange*[1], un de nos meilleurs chants, partant de là vers la satire – la satire de *Ces collines lointaines*[2], pas simplement le mordant d'un Voltaire, mais aussi la grandeur et la beauté d'un Swift ; Wolfe, immense dingue dégingandé que cet homme, enjambant Swift au cœur de notre complaisance ! » Sur une autre page, des chiffres étaient inscrits, apparemment un budget, un méli-mélo d'additions et de soustractions un peu déroutant. À côté du mot « opération » figurait la somme de cinq cents dollars.

Wesley prit un autre carnet. Il était rempli de références et de notations diverses. Une photo tomba d'entre les pages. Wesley la regarda avec cette curiosité du détail

1. *L'Ange exilé* (*Look Homeward, Angel*, 1929) de Thomas Wolfe.
2. *The Hills Beyond* (posthume, 1941), non traduit.

qui le caractérisait. Un homme devant la tombe de Grant tenait par la main un petit garçon, et une femme rondelette, qui était restée un peu à l'écart, riait. Au bas de la photo, leurs identités avaient été écrites à l'encre : P., Bill, M. – 1916. Wesley examina l'arrière-plan, où des petits hommes agités vaquaient à leurs affaires de l'après-midi et des dames semblaient pétrifiées dans des poses qui exprimaient l'enthousiasme, le rire, la curiosité.

D'un geste lent, hésitant, Wesley replaça la petite photo brunâtre. Pendant un instant, il fixa le tapis sur le sol d'un regard aveugle.

« C'est drôle... », murmura-t-il.

Depuis la chambre voisine lui parvenait le ronronnement des voix des deux hommes. De la rue, sous la fenêtre ouverte, montait le cri d'un bébé dans un landau. La voix d'une fille tentait de l'apaiser dans le silence de la mi-journée : « Ah, ah, ah, ne pleure plus. »

Wesley s'approcha de la fenêtre et regarda dans la rue. Au loin s'élevait la masse des bâtiments du Centre médical de New York, imposant lieu de guérison, entouré sur son pourtour par des bâtiments plus petits vers lesquels retournaient ceux qui étaient guéris. Depuis Broadway, un constant tintamarre de klaxons, de cloches de trolleybus, de grincements de boîtes de vitesses et de roues de wagons, surmontait le bourdonnement plus sourd, plus vaste, de la rue à midi. Il faisait très chaud à présent. Une brume de chaleur insensée dansait en direction du soleil et seuls les oiseaux les plus ambitieux pépiaient leur protestation somnolente depuis les frondaisons. Wesley retira sa veste et s'affala sur le fauteuil près de la fenêtre. Il était presque endormi quand Everhart lui dit : « ... Bon, le vieux me laisse libre de choisir. Tout ce que j'ai à faire maintenant, c'est en parler avec le doyen et avec mon beau-frère. Tu m'attends ici, Wes, je vais appeler cet abruti... Il est dans son atelier de réparation de radios... »

Everhart repartit. Wesley replongea dans son somme. À un moment donné, il entendit la voix d'un garçon de l'autre côté de la porte : « Hé ! C'est qui celui-là ? » Plus tard, Everhart, de retour, se mit à fouiller le fatras de ses papiers et de ses livres sur le bureau.

« Merde, où est-ce que... ? »

Wesley préféra garder les yeux fermés. Pour la première fois depuis deux semaines, depuis qu'il avait quitté le dernier cargo, il éprouvait un certain contentement et se sentait en paix avec lui-même. Une mouche se posa sur son nez, mais il était trop paresseux pour la chasser. Elle lui laissa une petite sensation humide quand il plissa le nez pour s'en débarrasser.

« Ah, voilà ! » souffla Everhart, triomphant, et déjà il était reparti.

Wesley éprouva un frisson d'impatience tandis qu'il était assis là à somnoler : dans quelques jours, retour à bord, et le vrombissement assoupi de l'hélice brassant l'eau sous la surface, le tangage apaisant du navire, l'océan s'étendant jusqu'à l'horizon, le son riche et net de l'étrave fendant l'eau... et les longues heures à ne rien faire sur le pont au soleil, à observer le jeu des nuages, ravi par la brise forte et humide. Une vie simple ! Une vie grave ! Faire sien l'océan, veiller sur lui, ressasser son âme en lui, l'accepter et l'aimer comme si lui seul comptait et existait ! « A. B. Martin ! » ils l'appelaient. « C'est un bon marin, silencieux, travailleur », disait-on de lui. Ah ! Est-ce qu'ils savaient qu'il se tenait à la proue matin, midi et soir, pendant une heure ? Soupçonnaient-ils ce devoir profond qui était le sien, cette prière d'action de grâce s'élevant vers un Dieu plus Dieu que n'importe quel autre susceptible d'être trouvé dans une religion du Livre ou de l'autel ?

Océan ! Océan ! Wesley ouvrit les yeux et les referma rapidement. Il voulait voir l'océan comme il l'avait si souvent vu depuis le hublot du poste d'équipage, un monde se soulevant pour monter bien au-dessus du hublot, puis plongeant bien au-dessous pour laisser voir le ciel sur la mer – aussi sauvage et beau qu'elle – et puis l'océan surgissant de nouveau. Oui, il avait l'habitude de rester là, allongé sur sa couchette avec une cigarette et un magazine et, pendant des heures, il fixait le hublot, et l'océan était là surgissant, et le ciel s'enfonçant. Mais, à présent, il ne pouvait pas le voir. L'image de la chambre d'Everhart était là, gravée à l'eau-forte, masquant l'océan lisse et vert.

Wesley avait toutefois ressenti le frisson, et le frisson ne le quitterait plus : bientôt maintenant, toute une journée battue par l'écume dans le vert et gris de l'Atlantique nord, le plus rude et le plus changeant des océans...

Wesley ouvrit les yeux et chercha une cigarette. Un nuage avait voilé la face du soleil, les oiseaux s'étaient soudain tus, la rue était grise et humide. Et un vieil homme toussait dans la pièce voisine.

Everhart était de retour.

« Bon ! C'est fait, je suppose... »

Wes passa sa main à travers ses fins cheveux noirs : « Qu'est-ce qui est fait ? »

Everhart ouvrit le tiroir de la commode : « Tu as dormi, ma belle. J'ai vu le doyen et il est d'accord. Il croit que je pars en vacances à la campagne. »

Everhart claqua du plat de la main une chemise repassée, l'air songeur : « Mon noble beau-frère a pleurniché jusqu'à ce que je lui fasse clairement comprendre que j'allais revenir avec suffisamment d'argent pour payer ma part du loyer et de ma pension ici pendant un an. À la fin, il était plutôt enthousiaste...

— Quelle heure est-il ? demanda Wesley en bâillant.

— Une heure et demie.

— Un peu que j'ai dormi... et rêvé aussi », dit Wesley, tirant une longue bouffée de sa cigarette.

Everhart s'approcha de lui. « Eh bien, Wes, je pars avec toi, ou disons que je m'embarque. Ça t'embête si je te suis ? Je redoute de me perdre sans toi, avec toutes ces histoires de syndicat et tous ces papiers à remplir...

— Merde, non, mon pote ! » Wesley sourit. « Embarque avec moi !

— Tope là ! » dit l'autre, tout sourire aussi, la main tendue. Wesley la serra avec un air à la fois réconfortant et grave.

Avec une furieuse énergie, Everhart commença à faire son bagage, tout en riant et en bavardant. Wesley lui annonça qu'il avait entendu parler d'un navire à Boston en partance pour le Groenland et que l'obtention de ses papiers de marin serait l'affaire de quelques heures seulement. Ils décidèrent de faire du stop jusqu'à Boston l'après-midi même.

« Regarde ! » s'écria Everhart en brandissant une paire de jumelles. En riant, il les jeta dans sa valise.

« Tu n'as pas besoin de grand-chose, observa Wesley. Moi, je vais m'acheter une brosse à dents à Boston.

— Bon, en tout cas, je vais emporter quelques bons livres, clama Everhart, toujours enthousiaste, jetant des volumes par douzaines dans son bagage. Le Groenland ! C'est comment là-bas, Wes ?

— Pas encore vu. C'est pour ça que je veux y aller.

— Je te parie que c'est un endroit maudit ! »

Wesley balança sa cigarette par la fenêtre : « Jamais vu le Groenland, suis allé en Russie et en Islande ; en Afrique en 1936, onze ports le long de la Gold Coast ; en Chine, en Inde, à Liverpool, à Gibraltar, à Marseille, à Trinidad, au Japon, à Sydney, partout, bordel de merde, je suis allé jusqu'en enfer et j'en suis revenu. »

Sonny Everhart, un garçon d'une dizaine d'années, entra et dévisagea Wesley : « C'est vous le type qui avez donné à ce marin de Bill l'envie de s'embarquer ?

— C'est mon petit frère, expliqua Bill en ouvrant la porte du placard. Ne fais pas attention à lui, c'est un sale gosse ! »

Sonny se mit en position pour boxer son aîné, mais celui-ci se contenta de lever le bras pour rire, avant de retourner à son bagage.

« Il croit être costaud, lança Sonny. Encore un an et je lui réglerai son compte facile. » Pour en donner la preuve, il fit un bond par-dessus le dossier d'un fauteuil couvert de livres. Il atterrit pieds joints, l'air parfaitement indifférent.

« Voyons un peu ces muscles », proposa Wesley.

Sonny s'approcha de lui et contracta son petit biceps. Wesley l'enserra dans sa main fine et hâlée, et il fit un clin d'œil entendu tout en pointant le menton vers Bill.

« Six mois tout au plus », assura-t-il à Sonny.

Le garçon rit d'un rire féroce. Wesley se leva et enfila lentement sa veste.

« Z'avez déjà vu un Allemand ? » demanda Sonny.

Wesley s'assit au bord du grand fauteuil. « Bien sûr.

— Il a essayé de vous avoir ?

— Non, c'était avant la guerre. »

Sonny bondit sur le fauteuil et atterrit sur ses genoux. « Et alors ?

— Non, répéta Wesley.

— Z'avez déjà vu un sous-marin ?

— Ouais.

— Où ça ?

— J'en ai vu un au large du cap Hatteras. Il a coulé notre navire.

— Qu'est-ce que vous avez fait ?

— J'étais à la poupe et j'ai sauté par-dessus bord, mon gars.

— Ha, ha ! Quel drôle de nom, la poupe ! »

Wesley écarquilla les yeux pour accompagner son rire silencieux. Il posa la main sur la tête de Sonny et le fit osciller lentement, en grognant. Le garçon recula d'un bond et claqua les mains sur ses hanches. « Pan ! Pan ! » brailla-t-il, les index pointés. Wesley serra les mains sur sa poitrine et s'effondra.

« Pan ! Pan ! Pan ! Une vraie passoire ! » commenta Sonny, assis sur le lit.

Wesley alluma une autre cigarette et jeta le paquet vide

dans la corbeille à papier. Le soleil brillait de nouveau, répandant sa chaleur dans la pièce soudain remplie de la lumière dorée éblouissante de l'après-midi.

« Mon père, il réparait les bateaux, avant, dit Sonny. Vous le connaissez, mon père ?

— Non, confessa Wesley.

— Vous plaisantez, répliqua Sonny. Il est à côté. »

Everhart, toujours en train de fouiller dans le placard, n'émit aucune objection et donc Wesley suivit Sonny dans le couloir sombre vers la chambre voisine.

C'était la seule qui donnait sur la cour de l'immeuble et pas un rayon de soleil ne venait illuminer ce qui aurait été de toute façon une pièce lugubre. Un homme imposant, vêtu d'un peignoir marron, était assis près de la fenêtre et fumait la pipe. La chambre était occupée par un grand lit, un fauteuil (dans lequel était assis le père), un autre fauteuil plus petit, une commode, une malle cabossée, et une vieille radio avec le haut-parleur externe. De cette radio parvenait un filet de musique, à travers le grésillement intense des parasites.

« Hé, Pa ! chantonna Sonny. Voilà le marin ! »

L'homme se détourna de sa rêverie et fixa sur eux ses yeux aux paupières rougies, l'air sidéré. Puis, il aperçut Wesley et ébaucha un sourire un peu pitoyable, en agitant la main pour le saluer.

Wesley salua à son tour en lançant un « Hello ! ».

« Comment va, mon garçon ? voulut savoir M. Everhart qui parlait avec une voix profonde et éraillée de travailleur.

— Très bien.

— Billy part avec toi, hein ? » Le père sourit, la bouche

s'affaissant en une moue chagrine, comme si sourire eût été un aveu de défaite. « J'ai toujours su que le bonhomme avait la bougeotte. »

Wesley s'assit au bord du lit, tandis que Sonny courait sur le matelas pour venir présider fièrement au-dessus d'eux.

« C'est mon plus jeune garçon, dit son père. Je serais bien seul sans lui. Tout le monde semble m'avoir oublié. » Il toussa brièvement. « Ton père est encore en vie, fiston ? »

Wesley posa la main sur le couvre-lit tacheté : « Oui... il vit à Boston.

— Ta famille vient d'où ?

— Du Vermont, au départ.

— Du Vermont ? Quel coin ?

— Bennington, répondit Wesley. Mon père avait une station-service là-bas, vingt-deux ans il l'a eue.

— Bennington, répéta le vieil homme, songeur, hochant la tête au rythme de ses souvenirs. J'y suis passé, il y a des années. Bien avant ta naissance.

— Il s'appelle Charley Martin, dit Wesley.

— Martin ?... Je connaissais un Martin de Baltimore, Jack Martin, il s'appelait. »

Il y eut un silence pendant lequel Sonny donna une claque sur la tête de lit. Dehors, le soleil s'était voilé une fois de plus, plongeant la chambre dans une épaisse pénombre. On n'entendait plus à la radio que le crachotement des parasites.

La sœur de Bill entra dans la pièce sans même adresser un regard à Wesley.

« Bill est dans sa chambre ? »

Le vieil homme hocha la tête : « Il est en train de faire ses bagages, je suppose.

— De faire ses bagages ? s'écria-t-elle. Ne me dis pas qu'il va mettre à exécution cette idée ridicule ? »

M. Everhart haussa les épaules.

« Pour l'amour de Dieu, Pa, tu ne vas pas le laisser faire une chose pareille ?

— Ce n'est pas mes affaires... Il est assez grand pour prendre sa décision tout seul, répondit calmement le vieil homme en se tournant vers la fenêtre.

— Assez grand pour prendre sa décision tout seul ! répéta-t-elle sur un ton enragé.

— Oui, assez grand, rugit le vieil homme en colère, se retournant brusquement vers sa fille. Je ne peux pas l'en empêcher. »

Irritée, elle serra les lèvres un instant.

« Tu es son père, non ?

— Oh ! tonna M. Everhart avec un regard mauvais. Alors maintenant je suis le père dans cette maison ? »

Une expression moqueuse et outragée sur le visage, la femme sortit en trombe.

« C'est nouveau, ça ! » tonna le père.

Sonny, l'air facétieux, pouffa de rire.

« C'est nouveau, ça ! répéta le vieil homme pour lui-même. Ils m'ont jeté dans cette chambre du fond, il y a des années, quand je n'ai plus été capable de travailler, et m'ont simplement oublié. Depuis des années, ce que j'ai à dire ne compte pour rien dans cette maison. »

Wesley tripotait nerveusement l'ourlet du vieil édredon.

« Vous savez, reprit, renfrogné, M. Everhart, un

homme n'est utile dans la vie que pour autant qu'il produit, qu'il fait bouillir la marmite. À ce moment-là, c'est le père, le soutien de famille, et ce qu'il a à dire est parole d'évangile dans la maison. Le jour où il tombe malade, où il est trop vieux et ne peut plus travailler, on le jette aux oubliettes – disant cela, il fit un geste pour désigner sa chambre –, et on le néglige complètement, sauf pour le traiter de foutue calamité. »

En provenance de la chambre de Bill, ils entendirent le bruit d'une dispute.

« Je ne vais pas l'empêcher de partir dans la marine marchande, si c'est ce qu'il veut faire, grommela le vieil homme. Et je sais très bien que je ne pourrais pas l'en empêcher même si je le voulais ! » Il haussa les épaules avec lassitude.

Wesley essayait de rester aussi impartial que possible. Un peu nerveux, il alluma une cigarette pour attendre patiemment l'occasion de quitter cette maison et l'agitation qui y régnait. Il regrettait de ne pas avoir attendu Bill dans un bar bien climatisé.

« Je suppose que ce n'est pas très sûr en mer, ces temps-ci, dit M. Everhart comme s'il pensait à voix haute.

— Pas vraiment, admit Wesley.

— De toute façon, Bill va être confronté au danger tôt ou tard, dans l'armée, dans la marine ou dans la marine marchande. Tous les jeunes y ont droit, ajouta le vieil homme d'une voix triste. La dernière guerre, j'ai essayé d'y aller, mais ils m'ont refusé : femme et enfants à charge. Mais celle-ci, c'est différent, tous les gars vont y aller. »

Le père posa sa pipe sur le rebord de la fenêtre, se

pencha en avant, respirant avec difficulté. Wesley remarqua qu'il était plutôt corpulent. Ses mains étaient puissantes, pleines d'une force visible dans les veines sinueuses, et les doigts étaient énormes et noueux.

« Nous, nous ne pouvons rien faire, poursuivit-il. Nous, le troupeau, le peuple, on est là pour être vus, mais pas pour être entendus. Laissons ceux qui ont les poches bien pleines décider des guerres, et nous, on ira les faire et on aimera ça. » Il sombra dans un silence affligé.

« Mais j'ai l'impression, reprit-il avec une moue boudeuse, que Bill y va seulement pour s'amuser. Ce n'est pas le genre à se laisser embobiner, Billy... Et il s'imagine, je suppose, que la marine marchande va lui faire du bien, qu'il fasse un seul voyage ou pas. Que ça va lui donner des couleurs, un peu de soleil et un peu de mer. Il a travaillé dur pendant toutes ces années. Toujours un bon petit gars, à lire des livres dans son coin. Lorsque la mère est morte en couches à l'arrivée de Sonny, il avait déjà vingt-deux ans, en quatrième année à l'université – ç'a été un choc, mais il s'en est sorti. Je travaillais encore aux chantiers et j'ai pu l'envoyer passer d'autres diplômes. Ma fille a proposé de venir s'installer ici avec son mari et de s'occuper du petit Sonny. Quand Billy a fini ses études – j'ai toujours su que c'était une bonne chose, les études –, je vous jure que je n'ai pas été surpris de le voir trouver tout de suite un boulot à Columbia, ici. »

Wesley hocha la tête.

Le père se pencha plus encore, avec une sorte d'impatience, le front soucieux.

« Billy, il n'est pas vraiment taillé pour le genre de truc qu'il s'apprête à faire. Tu as l'air d'un type costaud, mon garçon, et tu as déjà traversé tout ça et tu sais prendre soin de toi. J'espère... que tu pourras veiller sur Bill – tu comprends ce que je veux dire – il n'est pas...

— Tout ce que je pourrai, je le ferai, sûr.

— Oui, parce que je me sentirais mieux si je savais que quelqu'un d'expérimenté l'avait à l'œil pour ainsi dire... tu vois ce que je veux dire, fiston.

— Sûr.

— C'est ce qu'un père ressent, dit le vieil homme, comme pour s'excuser. Tu verras ce que c'est, un jour, quand tes propres enfants partiront comme ça... c'est quelque chose qui peut te rendre absolument malheureux et dingue aussi. J'en suis arrivé au point où je comprends plus rien – je veux dire, tout le bazar. Tu démarres avec un gamin aux joues roses, et puis il grandit et sans que tu t'y attendes, tu te retrouves en train de te disputer avec lui, et le voilà parti... et parti pour de bon. »

Bill se tenait dans l'embrasure de la porte.

« Oh, Pa, nom de Dieu, arrête de raconter tous tes malheurs à mes amis », sermonna-t-il.

Le vieil homme tourna son fauteuil vers la fenêtre et marmonna sur un ton amer. L'expression de Bill, autour de la bouche, se durcit sous l'effet de l'impatience.

« On avait une gentille petite conversation, dit Wesley, un peu froidement.

— Ah bon, désolé, concéda Bill, réticent. Ce n'est pas une façon de dire au revoir. » Il se dirigea vers le fauteuil de son père : « Bon, le vieux, je suppose que tu ne m'auras plus sous la main pour nos interminables disputes, mais je vais te manquer quand même. » Il se pencha et embrassa son père sur sa joue hérissée de poils.

« Tu fais ce que tu as à faire, je suppose, dit M. Everhart, le visage toujours face à la fenêtre.

— Euh, on va avoir besoin de cet argent, non ? »

Le père haussa les épaules. Puis, il se tourna et serra sa grande main sur le bras de Bill : « Si je pouvais t'accompagner jusqu'au métro, je le ferais. Au revoir, Billy, et sois prudent. »

Lorsque Wesley serra les mains de M. Everhart, celui-ci avait les yeux rouges et larmoyants.

« Ze vous zaccompagne ! cria Sonny, une fois dans la chambre de Bill.

— Ouais, ouais ! répliqua Bill. Va dans la salle de séjour, Sonny, s'il te plaît. Wes et moi, nous devons parler. Dis à la sœur que j'arrive tout de suite. »

Sonny fila à grandes enjambées furieuses.

« Le premier truc à faire, c'est de prendre le métro jusque dans le Bronx et de commencer à faire du stop sur la Route One, non ? »

Wesley opina.

« J'aimerais avoir l'argent du voyage, grommela Bill, mais j'ai dépensé tout mon fric hier soir. Et je ne vais pas en emprunter à qui que ce soit, surtout pas à mon beau-frère.

— Merde, mec, on va ramer jusqu'à Boston, dit Wesley.

— C'est sûr ! répliqua l'autre, radieux. Et je n'ai encore jamais fait de stop. Ce sera une expérience.

— On y va ? »

Everhart marqua un temps d'arrêt. Que faisait-il dans cette chambre, cette chambre qu'il avait connue depuis l'enfance, cette chambre dans laquelle il avait pleuré, dans laquelle il s'était abîmé les yeux à lire jusqu'à l'aube, cette chambre dans laquelle sa mère était souvent venue lui voler un baiser et le consoler, que faisait-il donc dans cette chambre soudain triste, un pied posé sur une valise pleine et un chapeau ridiculement perché sur le sommet de son crâne ? Était-il en train de la quitter pour de bon ? Il jeta un coup d'œil au lit et il comprit tout à coup qu'il ne dormirait plus sur ce vieux matelas de plumes, qu'il n'y aurait plus de longues nuits de sommeil en toute sécurité. Abandonnait-il tout cela pour une couchette inconfortable sur un navire fendant des flots qu'il n'avait jamais espéré voir, un océan où les navires et les hommes ne valaient pas grand-chose et où le sous-marin rôdait comme un monstre hideux dans les rêves de Thomas de Quincey ? Le truc dans sa totalité restait flou dans son esprit. Il était incapable de faire face à la terreur que ce contraste soudain faisait peser sur son âme. Se pouvait-il qu'il ignorât tout des grands mystères de la vie ? Et qu'en était-il des années passées à interpréter les littératures d'Angleterre et d'Amérique pour des classes entières, avides de prendre des notes ?... Avait-il déliré tout ce temps, petit phraseur absolument ignorant et complaisant, discourant sur les sentiments profonds de Shakespeare, de Milton, de Whitman, de Hawthorne, de Melville, de Thoreau, de Robinson, comme s'il avait connu la terreur, la peur, la douleur et la passion intense de leurs vies, comme s'il était leur frère sur la lande désertée et sombre de leurs esprits ?

Wesley attendait, à côté d'Everhart en proie à l'indécision. Il s'occupait patiemment de ses ongles. Il savait que son compagnon hésitait.

Au même instant, la sœur de Bill entra dans la chambre, fumant une Fatima une tasse de thé à la main. Elle et son amie, une femme entre deux âges au sourire radieux restée sur le seuil, avaient décidé de passer l'après-midi à lire leur avenir respectif dans les feuilles de thé. La sœur, une femme plutôt grande au visage austère mais encore juvénile malgré les premiers signes de l'âge, commença à faire des reproches à son frère cadet : « Bill, je ne peux rien faire pour que tu changes d'avis ? Tout ça est ridicule. Où est-ce que tu pars, bon sang ? Sois raisonnable.

— Je pars en vacances, c'est tout, grogna Bill, avec un air de bête traquée. Je vais revenir. » Il saisit son bagage et se pencha pour l'embrasser sur la joue.

La sœur soupira en ajustant le revers de la veste de Bill. Elle jeta un coup d'œil assez peu amical en direction de Wesley qui, de son côté, aurait voulu lui dire qu'il n'avait rien à voir avec tout ça et qu'elle pouvait lui épargner ses regards hostiles.

Une fois dans la rue, Wesley avait encore à l'esprit l'image du vieil homme, M. Everhart, tel qu'il se tenait quand ils étaient passés devant sa chambre en partant : une silhouette solitaire, triste et désabusée, toujours dans son fauteuil, sa pipe éteinte sur le rebord de la fenêtre.

Devant la station de métro, Sonny commença à pleurnicher, et Bill lui donna un *quarter* pour qu'il aille s'acheter un *Superman*. Au moment où ils franchissaient les tourniquets, un collègue de Bill, un Anglais mince, nerveux, les bras chargés de livres et de deux sacoches, cria par-dessus la tête des passagers : « Hé, Everhart ! Tu pars en vacances ?

— Oui, répondit Bill.

— Sacré veinard ! » répliqua le jeune homme au long cou vaguement raccordé à un col mal ajusté. Il s'éloigna à grands pas décidés en direction de son cours de l'après-midi.

Dans le métro, Bill paniqua. Wesley était tellement silencieux, Bill ne pouvait attendre de lui un quelconque réconfort spirituel. Est-ce que ce foutu idiot ne savait pas ce qui se passait ?... Quelle bêtise était-il en train de faire ? Et quelle souffrance ce changement brutal avait déjà provoquée ! Et en même temps, quel lâche, ce « Shortypants » !

À cet instant précis, Everhart avait pratiquement décidé de rentrer chez lui ; c'est alors qu'il se souvint du rendez-vous de Wesley avec Polly le soir même.

« Et ton rendez-vous avec Polly ? » demanda Everhart, un peu morose, en tripotant nerveusement la poignée de sa valise. Le métro rugissait dans son tunnel sombre – les gens lisaient leur journal ou mastiquaient leur chewing-gum avec un calme bovin.

Wesley se pencha vers Bill et posa sa main sur son épaule : « Qu'est-ce que tu dis ?

— Et ton rendez-vous avec Polly ? »

La bouche de Wesley s'entrouvrit et ses yeux s'écarquillèrent de plaisir. En lui donnant une grande claque dans le dos, il cria dans l'oreille d'Everhart, pour la première fois depuis qu'ils avaient fait connaissance : « Qu'est-ce qu'on en a à foutre ! » C'était un cri plein d'une désinvolture joyeuse. « On va s'embarquer, mec ! »

Everhart sentait encore la claque dans son dos au moment où les passagers du métro dévisagèrent avec curiosité Wesley, qui leur rendit leur regard avec un air d'espièglerie plein d'humour.

Everhart se cala contre le dossier du siège et rit de bon cœur. Il ne pouvait plus s'arrêter et, dans sa tête, une voix lui reprochait de rire autant.

La voix disait : « Est-ce le rire du satané idiot qui, au moment le plus sombre, te remplit de courage ? »

Chapitre 4

À trois heures de l'après-midi, ils étaient au bord de la route près de Bronx Park, là où les voitures passaient à toute vitesse et projetaient des nuages de poussière sur leurs visages. Bill était assis sur sa valise, tandis que Wesley, impassible, restait debout pour repérer de son œil expérimenté les voitures susceptibles de les prendre et levait le pouce vers elles. Leur premier trajet ne dépassa pas deux kilomètres, mais ils furent déposés à un endroit plus propice sur la Boston Post Road.

Le soleil était brûlant et Bill proposa de faire une pause. Ils entrèrent dans une station-service et burent quatre bouteilles de Coca-Cola. Bill alla aux toilettes à l'arrière. De là, il pouvait voir une prairie bordée d'arbustes qui dansaient sous le soleil de juillet. Il était en route !... Des prairies nouvelles, des routes inconnues, des collines singulières l'attendaient – avec la côte de la bonne vieille Nouvelle-Angleterre pour destination. Quelle était cette étrange sensation distincte qui rôdait dans son cœur, cette furieuse démangeaison à l'idée de bourlinguer et de découvrir d'un œil neuf les secrets du vaste monde ? Il avait l'impression d'être un petit garçon de nouveau... peut-être réagissait-il de manière un peu puérile à toute cette histoire.

De retour sur le bord de la route dans la chaleur torride, une odeur de caoutchouc brûlé émanant de l'asphalte ramolli, ils furent pris en stop presque immédiatement. L'automobiliste était un fleuriste de New York en route pour sa serre près de Port Chester dans l'État de New York. Il était volubile, ce commerçant juif, une bonne nature avec un penchant pour l'humour et pour l'humilité. « Une paire de Juifs errants ! » les baptisa-t-il en souriant, avec un éclat dans ses yeux rusés bleu pâle. Il les déposa deux kilomètres au-delà de sa destination, à la frontière du Connecticut.

Bill et Wesley se tenaient sur un renfoncement rocheux parfaitement découpé au bord de la route. Dans le lointain qui miroitait, les prairies du Connecticut déployaient un tapis vert pâle sous des arbres assoupis.

Wesley retira sa veste et la posa sur son épaule. Bill enfonça son chapeau juste au-dessus des yeux. À tour de rôle, l'un s'asseyait sur la valise pendant que l'autre, appuyé contre la paroi rocheuse, levait paresseusement le pouce. De formidables camions peinaient dans la montée, laissant derrière eux un voile dansant de gaz d'échappement.

« Après l'eau de mer, dit Wesley d'une voix traînante, un brin d'herbe au coin de la bouche, mon odeur préférée, c'est l'odeur d'une route. » Il cracha du bout des lèvres. « L'essence, les pneus, le goudron et les broussailles, ajouta Bill mollement. L'hymne de Whitman à la route ouverte, dans sa version moderne. » Ils restèrent silencieux sous le soleil, sans plus faire le moindre commentaire dans la tranquillité soudaine. Plus bas sur la route, un camion passait en seconde pour entamer sa pénible montée.

« Regarde un peu ça ! dit Wesley. Prends ta valise et suis-moi. »

Le camion approchant, en première à présent, Wesley fit signe au chauffeur et se mit à courir à côté du monstre qui peinait. Le chauffeur, un bandana de couleur vive autour du cou, agita la main en signe d'acquiescement. Wesley revint arracher la valise de la main de Bill et cria : « Viens ! » Il fonça vers le camion, sauta sur le marchepied, balança la valise dans l'habitacle et, en équilibre sur un pied, maintint la portière ouverte pour Bill. Celui-ci, la main posée sur son chapeau, se mit à courir. Wesley lui tendit la main au moment où il sautait sur le marchepied.

« Ouah ! s'écria Bill en retirant son chapeau. C'était un joli petit sprint à la Douglas Fairbanks ! » Wesley se pressa contre lui sur la banquette et claqua la portière.

« Ça va faire fondre le gras ! rugit le chauffeur. Putain de chaleur, pas vrai ? » Son rire couvrit le tonnerre du moteur.

Rugissant et zigzaguant, ils roulèrent jusqu'à New Haven, dévalant les collines à une vitesse démentielle et les escaladant péniblement avec un gémissement grandissant. Lorsque le chauffeur les déposa devant la pelouse de Yale, le soleil avait décliné pour n'être plus qu'une orange pâle.

« Faites gaffe à la fausse monnaie ! » lança le chauffeur en guise de dernier avertissement, hurlant par-dessus le grincement de sa boîte de vitesses avant de les abandonner dans son sillage assourdissant.

« Et maintenant ? » demanda Everhart. Ils étaient sur un large trottoir grouillant de monde, des badauds avec leurs paquets, des hommes en bras de chemise qui rentraient du travail, des étudiants sautillants, des vendeurs de journaux et des cadres en costume-cravate. La rue était embouteillée de voitures, de bus et de trolleys. La pelouse, un défilé continu de flâneurs.

« La première chose à faire, c'est de se tirer d'ici, marmonna Wesley en s'éloignant.

— Et on mange quand ?

— On mangera à Hartford. Combien tu as dit que tu avais sur toi ?

— Environ trois dollars.

— Je vais emprunter de l'argent quand on arrivera à Boston. Allez, viens. »

Ils prirent un trolley dans State Street et n'en descendirent qu'au bout de la ligne. Ils parcoururent plusieurs blocs et s'installèrent devant une boulangerie. Au bout de quinze minutes passées à lever le pouce, un vieux gentleman à l'allure de grand propriétaire les prit dans son antique Buick. Et jusqu'à Meriden, pendant que le soleil évoluait dans l'orange et prenait une tonalité sombre enflammée et que les prairies rafraîchissaient pour parvenir à un vert équatorial, ténébreux, net, le fermier poursuivit un monologue entièrement consacré aux prix des fermes, aux ouvriers agricoles et au ministère de l'Agriculture.

« Nous faisons leur jeu ! se plaignait-il. Un homme ne peut pas avoir foi dans un pays qui laisse un groupe tout-puissant foutre en l'air toute la fichue agriculture pour servir ses propres intérêts !

— Vous voulez parler du Farm Bloc[1] ? » interrogea Everhart pendant que Wesley, perdu dans ses pensées, contemplait les champs à perte de vue.

Le fermier klaxonna quatre fois en aboyant les quatre mots : « Sûr... que... c'est... ça ! »

Au moment où il les déposa dans les faubourgs de Meriden, Bill et lui commençaient à peine à s'échauffer dans leur conversation à propos de la Farm Security Administration et de la National Farmers Union.

« Salut, les gars ! lança-t-il en agitant une main calleuse. Soyez prudents. » Il rit et repartit en klaxonnant ses adieux.

« Sacré vieux bouc », dit Everhart.

Wesley regardait alentour : « Le soleil va bientôt se coucher. Faut qu'on y aille. »

Ils traversèrent une zone déserte et finirent par s'arrêter devant la camionnette d'un cuisinier ambulant. De grands ormes étaient penchés au-dessus d'eux dans la quiétude du coucher du soleil, dégageant une chaleur accumulée pendant toute la journée. Un chien aboya, rompant le silence vespéral.

« Plutôt calme l'endroit, dit Everhart en hochant la tête et en esquissant un sourire. Je me demande ce que ce serait que de vivre dans une petite ville comme ça – à digérer le dîner dans le hamac face au verger de pommiers, à écraser les moustiques, avant de rentrer au son berçant de millions de grillons.

1. Le Farm Bloc était un groupe de pression, très actif à partir des années 1920, représentant certains intérêts de l'agriculture industrielle au Sénat américain.

— Ç'a l'air parfaitement paisible ici, répondit Wesley en souriant. La ville où je suis né, Bennington, elle ressemblait beaucoup à ça. J'allais nager dans un petit étang près d'un moulin, à moins d'un kilomètre de la maison (sa voix s'adoucissait sous l'empire du souvenir), et quand la lune apparaissait, j'm'asseyais sur la petite plage pour fumer... et tenir les foutus moustiques à distance.

— Il faudra qu'on y aille, un de ces jours, clama Bill avec une mimique joyeuse. Ta famille est toujours là-bas ? »

Wesley prit un air sombre et il agita la main. « Nan !

— Qu'est-ce que tu veux dire ?

— Quand ma vieille est morte, murmura Wesley, soudain réticent et maussade, la famille a éclaté. On a vendu la maison. Charley est parti à Boston et s'est lancé dans une affaire de saloon avec mon oncle.

— Qui est Charley ?

— Mon vieux.

— Qu'est devenu le reste de la famille ? insista Everhart, l'air vaguement préoccupé.

— Les sœurs se sont mariées, les frères se sont barrés – l'un d'eux est à La Nouvelle-Orléans, je l'ai vu en trente-neuf. »

Everhart posa la main sur l'épaule de Wesley. « La maison familiale disparue, hein ? Une vieille histoire de la vie américaine, non ? C'est la plus belle et la plus déchirante de toute la littérature américaine, de Dreiser à Thomas Wolfe – oui, plus de retour au bercail possible[1]... »

1. Allusion au titre du roman posthume de Thomas Wolfe, *You Can't Go Home Again* (1940).

Wesley cassa une petite branche en deux et jeta les morceaux au loin.

« Je ne pense pas, mon pote, finit-il par dire d'une voix à peine audible. Tout dépend de ce que tu appelles le bercail... si t'en perds un, trouve-t'en un autre. »

Ils restèrent silencieux après ça jusqu'à ce qu'un camion qui transportait des légumes les prenne à bord. Le chauffeur les déposa cinq kilomètres plus loin à un carrefour désolé, éclairé par un unique réverbère. Dans la quasi-obscurité, ils commencèrent à se faire du souci à l'idée de ne pas pouvoir rejoindre Hartford, à vingt-cinq kilomètres environ au nord.

Pendant que Bill attendait le passage d'une voiture, Wesley s'introduisit dans le verger voisin et en revint avec une poignée de petites pommes vertes. « Ne les mange pas, le mit-il en garde, elles te rendraient malade. Regarde un peu comment je vais canarder le panneau là-bas. » Bill rit en voyant Wesley prendre une position très étudiée pour balancer ses missiles sur le panneau.

« Très bon exercice, grommela Wesley. J'étais semi-pro autrefois... lanceur... les Bennington Blues. Un jeu fabuleux. Tu sais où j'ai joué mon dernier match de base-ball ?

— Où ça ? » demanda Bill en souriant et en rajustant ses lunettes.

Wesley lança la pomme et manqua de peu sa cible. « Ha ! » s'écria-t-il. Il se tourna, plongea les mains dans ses poches et, un vague sourire aux lèvres, dit à Bill : « Avec d'autres marins, on a joué un match avec des tocards sur un terrain de Bombay. Il y avait des équipements de base-ball dans la cargaison, pour des soldats américains, et le lieutenant nous a permis de nous en servir – gants, balles, battes, tout était neuf. »

Une voiture approchait sur la route.

« Fais-lui un douze, conseilla Wesley. Regarde ! » Il fit pivoter son poignet lentement, le pouce dressé. La voiture passa avec un rugissement obstiné.

« *America... the beautiful*[1], chantonna Wesley. Et te couronne... de la fraternité des hommes... d'un océan au brillant... océééééan ! » Secoué par son rire silencieux, il tremblait de tous ses membres.

Bill s'assit sur sa valise et sourit. Plus haut, au bord de la route, une faible lumière luisait à la fenêtre d'une ferme. L'atmosphère, chargée de toute la chaleur accumulée pendant la journée, de la senteur piquante du feuillage surchauffé, des effluves nauséabonds d'un marécage voisin, de l'odeur de la ferme et de celle du macadam refroidissant, les enveloppait, telle une draperie, chaude, douce, voluptueuse, dans le crépuscule d'été.

« Bon Dieu ! explosa Everhart, si on ne trouve pas une voiture, on va devoir dormir dans ce verger ! »

Wesley alluma une cigarette qu'il avait trouvée dans la poche de sa veste : « C'est faisable. Mais, merde, on ne peut pas passer toute une nuit sans clopes.

— Tu fumes comme une cheminée.

— Une autre voiture ! Regarde un peu comment je vais nous faire prendre. »

Wesley réussit son coup : la voiture ralentit pour s'arrêter juste devant eux. Ils étaient à Hartford trente minutes

1. Hymne patriotique datant de 1895.

plus tard, devant la bibliothèque municipale de Main Street. Il était neuf heures.

« Bon ! dit Bill en posant sa valise. Nous avons fait la moitié du trajet jusqu'à Boston en six heures. Neuf heures du soir. À neuf heures, hier soir, je ne te connaissais même pas, Wes ! »

Wesley ne fit aucun commentaire. Il observait les gens qui passaient.

« Regarde ce que vingt-quatre heures et un instant de détermination peuvent faire ! poursuivit Bill en basculant son chapeau en arrière. Je suis en route... tout d'un coup. Merde ! Je suis content de l'avoir fait. Ça va être un grand changement. C'est ce que j'appelle la vie. Tu sais, Wes, que tu es un pionnier à part entière. »

Wesley dévisagea son compagnon d'un regard curieux.

« J'avais tort quand j'ai dit que le temps des pionniers était révolu, oui, même dans mes cours. Il y en a un à chaque coin de rue, nom de Dieu. J'ai toujours été fasciné par les pionniers et l'esprit du pionnier... Quand j'étais gamin, que je lisais des récits historiques, des sagas de la guerre franco-indienne, les vies de Lincoln, de Boone, de Clark, de Rogers... Et quand, un peu plus vieux, j'ai découvert l'esprit du pionnier chez de nombreux écrivains, notamment américains. Le changement, c'est la santé de la société. N'est-ce pas ? Je suppose que je suis quelqu'un d'assez agité, ça explique peut-être... »

Wesley prit la valise de Bill. « Allons boire quelques bières bien fraîches, proposa-t-il.

— D'accord, mec !

— Il y a un endroit..., dit Wesley en faisant un geste

en direction de l'autre côté de la rue. Allons-y tranquillement. »

Alors qu'ils traversaient, Bill se remit à parler : « Je pense comprendre à présent pourquoi l'esprit du pionnier m'a toujours guidé dans ma pensée : c'est parce qu'il est libre, Wes, libre ! Il est comme l'alouette, comparé au colon, à l'homme qui plante ses racines et s'installe. Le pionnier est libre parce qu'il continue d'avancer et n'oublie pas de laisser une trace derrière lui. Mon Dieu ! »

Ils entrèrent dans un bar qui avait l'air animé et s'assirent à une table dont la surface était collante. Des consommateurs de tous les genres étaient alignés au comptoir, vieux piliers de bar, vieilles sorcières éreintées, jeunes types bruyants s'exprimant avec de grands gestes et, plus rarement, un ouvrier encore dans ses vêtements de travail souillés.

Une serveuse leur apporta deux bières et, en posant une main indifférente sur le dossier de leur banquette, dit : « Vingt dollars, mes chéris. »

Wesley lui fit un rapide clin d'œil pendant que Bill jetait deux pièces de dix *cents* sur la table. Elle regarda Wesley avec un air de défi, dur, en ramassant les pièces : « Chéri, lui dit-elle d'une voix rauque, fais gaffe avec ces yeux-là.

— Qu'est-ce qui va pas avec mes yeux ? demanda Wesley.

— Ils vont t'attirer des ennuis », répliqua-t-elle en proie à un profond, maléfique ravissement. Elle recula, un air sérieux, boudeur, sur le visage, le regard toujours rivé sur Wesley. Il y répondit avec le même air de défi, impudent, la même crânerie sensuelle, réponse de la brute à la brute.

« Mon Dieu ! pouffa Bill quand elle s'éloigna. Voilà donc Hartford ! Le viol de Wesley Martin ! »

Wesley se frotta le nez.

« Frangin, dit-il d'une voix calme, c'est le genre de truc qui peut tuer l'équipage entier d'un navire en deux semaines. »

Everhart éclata de rire pendant que Wesley, avec un sourire roublard, buvait sa bière.

Plus tard, après quelques autres bières, ils mangèrent des côtes de porc achetées à un cuisinier ambulant sur Main Street, où Wesley acheta aussi deux paquets de Lucky et en donna un à un clochard qui lui demandait une cigarette.

« Où est-ce qu'on va dormir ? » demanda Bill quand ils se remirent à marcher. Wesley se curait les dents.

« Si on était à New York, dit-il, on pourrait dormir dans un de ces cabarets ouverts toute la nuit, ou alors dans le métro. Merde, je ne sais vraiment pas. »

Ils errèrent un moment sur Main Street, jetant un coup d'œil dans différents bars et fumant. À la fin, ils perdirent patience. Wesley suggéra d'aller voir la dernière séance d'un film, mais Everhart était sceptique : « Avec quoi on va se payer de quoi manger demain ?

— Qu'est-ce qu'on en a à foutre de demain ? marmonna Wesley, plein de mépris. Allons voir un film. »

C'est ce qu'ils firent. À minuit, ils étaient de nouveau dans la rue. Elle était presque déserte. Quelques ouvriers de l'usine aéronautique rentraient du travail par petits groupes, discutant à voix basse, fatigués. Un policier se balançait sur ses talons devant la boutique d'un marchand de cigares.

« On ferait mieux de s'éclipser avant de se faire embarquer, suggéra Wesley. Allons voir si on peut trouver un endroit où dormir quelques heures avant le lever du jour.

— Il fait assez bon pour dormir dehors », ajouta Bill.

Ils partirent vers l'est en traversant le pont en direction d'East Hartford. Un terrain vague, sombre et vide, offrait toute l'herbe épaisse qu'on pouvait désirer et ils y descendirent en passant de l'autre côté d'une rangée de buissons. Cinq minutes plus tard, Wesley dormait.

Il fallut une heure à Everhart pour y parvenir. Il était couché sur le dos et observait la profusion des étoiles dans le ciel. Un grillon, à moins d'un mètre, stridulait. L'herbe était humide, même s'il pouvait sentir dessous la couche de chaleur accumulée sous le soleil. Une certaine fraîcheur avait envahi l'atmosphère nocturne. Bill releva son col. Il entendit le bruit de pas qui se rapprochaient sur un sentier couvert de gravier, tout proche... Un flic ? Bill jeta un coup d'œil dans cette direction. Il ne put rien voir dans l'obscurité. Une porte s'ouvrit et se referma.

Bon, il était là, lui, un type avec un poste dans une université, couché dans un terrain vague à guetter le sommeil, comme n'importe quel vagabond à présent. Wesley, à côté, dormait comme si rien au monde n'avait eu la moindre importance pour lui. On ne pouvait le considérer comme un vagabond, n'est-ce pas ? Qui était cet étrange jeune homme, tout à fait adolescent et complètement homme en même temps ? Un marin... Oui, Everhart lui aussi allait devenir un marin.

Pourquoi ?

Pourquoi avait-il fait une chose pareille ? Si sa vie à New York lui avait semblé sans but et insensée, alors que dire de cette vie-ci, de cette errance sans but ? Si la guerre avait appelé Ulysse loin de Syracuse [*sic*], qu'est-ce qui pouvait bien appeler Everhart loin de New York ?

Il avait souvent parlé à ses étudiants de la Destinée, citant avec dévotion Emerson et Shakespeare. Il avait parlé de la Destinée avec la certitude joyeuse que seul un pédagogue pouvait acquérir. C'était son problème, il avait été un pédagogue intrépide. Et maintenant ? Certainement pas un homme intrépide. Il était rempli de peur, et pourquoi pas ?... Il ne savait rien de ce qui l'attendait. La peur – la connaissance et la sagesse procurées par la peur – allait-elle débarrasser son être ridicule de toute pédanterie ?

Qu'en était-il de la Destinée ? Ah, c'était une dame charmante, la Destinée, on voyait comment elle avait dévidé son écheveau de New York à Hartford en quelques heures, comment elle avait transformé un pédagogue en un professeur tremblant, comment elle avait fait ce jour ensoleillé et cette nuit vibrant de l'excitation et de la puissance du mystère, comment elle s'était déplacée à ses côtés et, en un instant glorieux et terrifiant au cours de la nuit, lui avait révélé le dessein de ses desseins : aucun homme ne peut savoir, mais chacun peut attendre, s'interroger et, conformément au pouvoir de son esprit, résister !

Everhart se redressa sur ses coudes... Le grillon cessa de chanter, sur ses gardes... Le monde entier s'enfonça dans un silence massif. Il pouvait entendre la respiration lente de Wesley. Au-dessus, les étoiles anonymes et lointaines opinaient silencieusement. « Moi ? » s'écria Wesley.

Everhart sursauta, le cœur battant... de peur, soudain. Mais Wesley dormait et il avait crié dans son rêve.

Wesley lui secouait le bras.

« Réveille-toi, Bill, il faut y aller », disait-il de sa voix rauque du matin.

Il faisait encore nuit, mais quelques oiseaux avaient commencé à pépier une petite alarme dans la brume. Everhart se retourna et grogna : « Quoi ?

— Debout, mon pote, tu n'es pas à la maison ! »

Everhart s'assit, droit comme un I, stupéfait.

« Nom de Dieu, tu as raison ! »

Wesley était assis dans l'herbe, bâillant et étirant ses bras. La brume matinale s'insinuait en eux dans un silence absolu et glaçant. « Allons-y, répéta Wesley, avant de mourir gelés. »

Ils se levèrent et marchèrent jusqu'à la rue, sans éprouver le besoin de se parler. Une voiture passa, les enveloppant dans son sillage de poussière et de gaz d'échappement, grondant dans la rue brumeuse comme un vieux chien irascible. Par-dessus les toits, une lumière grise faisait son apparition. C'était un lever du jour sombre, déplaisant.

Les deux voyageurs prirent un café à une cantine ambulante près de la voie ferrée et froncèrent les sourcils au même instant quand le type derrière le comptoir leur dit qu'ils avaient l'air d'avoir passé la nuit dans une grange.

« Il va peut-être pleuvoir », grogna Everhart.

Ils marchèrent le long de la route et se retournèrent

lentement quand ils entendirent une voiture approcher. Elle les dépassa rapidement, leur laissant à peine le temps d'apercevoir un visage endormi et maussade au volant. Dans la lumière faiblarde du matin, la route avait l'air propre et prête pour une nouvelle journée. Elle se déroulait jusqu'à une colline et un grand virage, au-delà duquel ils apercevaient un horizon de poteaux téléphoniques, de fermes (petites lumières clignotantes des fenêtres au petit déjeuner), et au-delà encore les alignements des collines grises presque indiscernables dans la brume. L'air sentait la pluie.

« Ah ! bâilla bruyamment Wesley. Je serai content quand je pourrai me glisser dans ma couchette !

— Tu es sûr, pour ce bateau à Boston ?

— Ouais... Le *Westminster*, un cargo à destination du Groenland. Tu as ton certificat de naissance, mec ? »

Everhart tapota son portefeuille : « Tout contre mon cœur. »

Wesley bâilla de nouveau, se frappant la poitrine comme s'il avait voulu en chasser le sommeil. Everhart se rendit compte qu'il eût préféré être chez lui, dans son lit confortable, avec quatre heures encore à dormir avant le petit déjeuner préparé par sa sœur, pendant que le type qui livrait le lait descendait Claremont Avenue et qu'un trolley rugissait dans Broadway endormi.

Une goutte de pluie s'écrasa sur son front.

« On a intérêt à trouver un stop rapidement », murmura Wesley en se retournant pour fixer son regard sur la route déserte.

Ils allèrent s'abriter sous un arbre pendant que la pluie commençait à tambouriner doucement sur les feuilles au-dessus ; un arôme suffocant, moite, déferla comme une vague.

« *Rain, rain, go away*, chantonna Wesley, *come again another day...* »

Dix minutes plus tard, un gros camion rouge les prit. Ils gratifièrent le chauffeur d'un grand sourire.

« Tu vas où ? demanda Wesley.

— Boston ! » clama le chauffeur et, pendant les deux cents kilomètres suivants, tandis qu'ils traversaient des champs trempés, de part et d'autre de routes scintillantes, des pâturages cotonneux de condensation, et des petites villes, comme la funèbre Worcester, dans les éclaboussures d'un macadam qui les emmenait vers Boston sous des ciels de plus en plus sombres, il ne dit pas un mot de plus.

Everhart se réveilla en sursaut d'un sommeil agité quand il entendit la voix de Wesley... Les heures avaient défilé rapidement.

« Hé, mec, Boston ! »

Il ouvrit les yeux. Ils roulaient dans une étroite rue pavée, bordée des deux côtés d'entrepôts sinistres. La pluie avait cessé.

« J'ai dormi combien de temps ? » demanda Bill en souriant et en se frottant les yeux, ses lunettes posées sur les genoux.

« Je ne sais pas », répondit Wesley qui fumait son éternelle cigarette. Le chauffeur freina brutalement et le camion dérapa sur le pavé jusqu'à l'arrêt.

« OK ? » cria-t-il d'une voix dure.

Wesley hocha la tête : « Merci beaucoup, mon pote. À la prochaine !

— Salut, les gars. À la revoyure ! »

Everhart sauta de la cabine et se dégourdit les jambes tout en agitant la main en direction du chauffeur. Wesley étirait lentement ses bras. « Wouah ! C'était long. J'ai dormi un peu moi aussi. »

Ils se tenaient sur un trottoir étroit, qui était déjà pratiquement sec après la petite pluie du matin. De gros camions fonçaient dans la rue, grondant sur le pavé ancestral, et ce fut seulement après qu'un bon nombre fut passé, laissant la rue momentanément déserte, et après que les gaz d'échappement se furent dissipés, que Bill sentit la nette odeur de la mer dans l'atmosphère. Au-dessus, des nuages fragmentés parcouraient le ciel lumineux et argenté. Un rayon d'air chaud commençait à se faire sentir, en provenance de ce point du ciel où un vague éclat indiquait la position du soleil.

« J'étais déjà venu à Boston, dit Bill, mais jamais comme ça… C'est le vrai Boston. »

Le visage de Wesley s'illumina de son rire silencieux : « Encore une fois, tu parles un peu trop, mec ! Démarrons la journée avec une bière à Scollay Square. »

Ils étaient d'excellente humeur et ils se mirent en route.

Scollay Square était à cinq minutes à peine. Ses bouches de métro, ses cinémas, ses boutiques à prix réduits, ses studios de photos de passeport, ses cafétérias, ses bijouteries de troisième ordre, ses bars faisaient face à la densité de la circulation automobile avec cette morosité affadie de la matinée dans les villes. Des dizaines de marins en uniforme blanc de la Navy flânaient le long des trottoirs encombrés, s'arrêtaient pour contempler les vitrines des boutiques minables et déchiffrer les affiches des théâtres.

Wesley entraîna Bill vers un studio où un vieil homme leur demanda un dollar pour deux clichés minuscules.

« C'est pour tes papiers de marin, expliqua Wesley. Il te reste combien ?

— Vingt-cinq *cents*, répondit Everhart avec un sourire penaud.

— Deux bières et un cigare, allons-y, dit Wesley en se frottant les mains. J'emprunterai du fric à un marin. »

Everhart regardait ses photos : « Tu ne trouves pas que je ressemble à un vieux loup de mer ?

— Merde, mec, sûr ! »

Dans le bar, ils burent une bière glacée réconfortante et parlèrent de Polly, de Day, de Ginger et d'Eve.

« Une bande de gamins sympathiques », dit Wesley d'une voix ralentie.

Everhart observait pensivement la tireuse à bière : « Je me demande combien de temps Polly nous a attendus hier soir. Je parie que c'est la première fois que Madame Butterfly se faisait poser un lapin, dit-il en souriant. Polly est vraiment la prima donna de Columbia, tu sais. » Ça faisait un drôle d'effet de parler de Columbia... Comme l'université paraissait loin à présent.

« Je n'avais pas l'intention de la planter, finit par répondre Wesley. Mais, merde, quand on bouge, on bouge ! Je la reverrai une autre fois.

— George Day ne va pas être qu'un peu surpris quand il apprendra que je suis parti et que je ne plaisantais pas avec cette histoire de m'embarquer dans la marine marchande ! dit Bill en éclatant de rire. Je suis parti sur une impulsion. Tout le monde va en parler.

— Que va dire Eve ?

— Oh, je ne sais pas. Je n'ai jamais été très sérieux avec Eve de toute façon. On a passé des grands moments ensemble, des fêtes et tout ça, mais nous étions seulement amis. Je n'ai pas été sérieusement avec une fille depuis mon adolescence. »

Derrière eux, un marin glissa une pièce dans le juke-box et se mit à danser lentement à travers le bar pendant que Bing Crosby chantait *Please Don't Take my Sunshine Away*.

« Pop ! cria le jeune marin en direction du barman. Faut être un grand homme pour être dans la Navy !

— Que ça reste comme ça, répondit l'homme plus âgé. C'était le cas de mon temps. Viens par ici que je te serve un verre. Qu'est-ce que tu veux boire ? Choisis !

— Pop ! beugla le marin en s'effondrant sur un tabouret, c'est moi qui vais te servir un verre, puisque tu es un ancien de la Navy. » Il sortit de sa poche arrière une bouteille brun sombre. « Du rhum de la Jamaïque ! annonça-t-il fièrement.

— Très bien, dit le barman, tu me donnes une rasade de ce rhum et je te prépare un cocktail qui te fera sortir les yeux de la tête.

— Impossible, marmonna le marin en se tournant vers Wesley. Pas vrai ?

— Absolument ! » dit Wesley.

Le marin tendit sa bouteille à Wesley : « Goûte-moi un peu ce rhum de la Jamaïque, mon pote. Goûte ! »

Wesley hocha la tête et avala une longue rasade. Il reboucha la bouteille et la rendit sans faire le moindre commentaire.

« Alors ? demanda le marin.

— Absolument ! »

Le marin se tourna en brandissant la bouteille : « Absolument qu'il dit... Tu parles que j'ai raison. C'est du rhum de la Jamaïque, importé... L'eau de feu véritable à Johnny ! »

Leurs bières terminées, Bill et Wesley partirent sans rien dire. Devant la porte, Wesley se retourna quand le marin cria dans sa direction : « Pas vrai, mon pote ? »

Wesley pointa l'index vers le marin.

« Absolument !

— Absolument qu'il dit ! » chanta le marin en brandissant une fois encore sa bouteille.

« Eh bien, nous sommes vraiment à Boston, dit Bill avec un sourire radieux, une fois qu'ils se retrouvèrent dans la rue. C'est quoi le programme ?

— Première chose, répondit Wesley en entraînant son compagnon de l'autre côté de la rue, filer à l'Union Hall voir ce qui se passe avec le *Westminster*... On pourra peut-être obtenir une couchette tout de suite. »

Ils descendirent Hanover Street, avec ses magasins de chaussures bon marché et ses boutiques vendant toutes sortes de babioles, et ils tournèrent à gauche dans Portland Street, une porte un peu défoncée avec l'inscription *National Maritime Union* donnait sur un escalier aux marches grinçantes qui débouchait sur un vaste hall. Des fenêtres sales à chaque extrémité laissaient s'insinuer la lumière grise de la rue dans le faible, timide éclairage qui accentuait l'immensité nue, dépourvue de tout mobilier, de la salle. Quelques bancs et des chaises pliantes avaient été poussés contre les murs, et ils étaient à présent occupés par des marins qui parlaient à voix basse.

Ils portaient des vêtements civils variés, mais Everhart vit immédiatement que c'étaient des marins... Là, dans la pénombre lugubre du siège du syndicat qui sentait le moisi, ces hommes étaient assis, chacun armé de la patience et du silence de ceux qui savent qu'ils reprennent la mer ; certains fumaient la pipe, d'autres parcouraient tranquillement *Pilot*, la publication officielle de la NMU, d'autres encore somnolaient sur les bancs, et tous possédaient cette sagesse de l'attente sereine d'un Wesley Martin.

« Attends-moi ici, dit Wesley, glissant en direction du bureau vitré de l'autre côté de l'immense parquet. Je reviens tout de suite. » Everhart s'assit sur la valise et se mit à observer.

« Hé, Martin ! salua une voix en provenance des chaises pliantes. Martin, mon vieux pote ! » Un marin traversait le hall en courant en direction de Wesley, poussant des cris de joie, ravi de sa découverte. L'écho de ses cris ne dérangea pas les autres marins paisibles, même s'ils jetèrent des regards rapides et curieux du côté des retrouvailles tapageuses.

Wesley était sidéré.

« Nom de Dieu ! Nick Meade ! »

Meade faillit s'effondrer sur Wesley, manquant de le renverser dans son enthousiasme, leur accolade faisant penser à deux ours en train de jouer. Ils se donnèrent de grandes claques dans le dos et Meade asséna même un petit coup de poing sur le menton de son camarade, en le gratifiant de tous les noms qui lui passaient par la tête. Wesley, de son côté, exprimait son allégresse en bourrant son copain de coups de poing dans l'estomac et en hurlant un nom d'oiseau. Ils continuèrent à pousser leurs cris de joie gutturaux pendant trente secondes tandis qu'Everhart, assis sur sa valise, les observait avec un sourire approbateur.

Meade posa ensuite une question à voix basse, la main sur l'épaule de Wesley. Ce dernier répondit tout aussi discrètement, après quoi Meade rugit de nouveau et recommença à bourrer de coups de poing Wesley, qui se dégagea, sa mince silhouette secouée par un rire silencieux. Ils allaient maintenant se diriger vers le bureau en échangeant des nouvelles, avec cette rapidité essoufflée de bons amis qui se retrouvent après une séparation de plusieurs années.

« Tu t'embarques ? demanda Meade.

— Ouais.

— Allons demander à Harry une cabine à deux couchettes.

— Trois, j'ai un pote avec moi.

— Allez ! Le *Westminster* est à quai. Ils vont prendre un équipage presque complet.

— Je sais.

— Sale fils de pute ! cria Meade, incapable de réprimer sa joie après cette rencontre inattendue. On ne s'est pas revus depuis quarante, continua-t-il en donnant à Wesley des coups de pied dans les jambes, quand on s'est fait foutre en taule à Trinidad !

— Pour avoir déclenché cette émeute ! se remémora Wesley, rendant ses coups à Meade, qui s'écarta. Foutu communiste, ne me donne plus un seul coup de pied... Je me souviens du jour où tu es monté à bord ivre et tu as commencé à frapper tout le monde jusqu'à ce que cet énorme bosco vienne te mettre du plomb dans la cervelle ! »

Ils hurlaient encore quand ils entrèrent dans le bureau où un type du syndicat à la mine renfrognée leva lentement la tête de ses papiers.

« Vous voulez bien vous comporter comme des marins, hein ?

— Harry Gueule-de-bois, informa Meade. Il se sert de l'argent des cotisations pour se soûler. Regarde-moi un peu cette tête, hein ?

— Ça va, Meade, tança Harry. Qu'est-ce que vous voulez ? Je suis occupé... »

Ils prirent des dispositions pour être disponibles et près de la porte du bureau dans l'après-midi quand seraient affichés les rôles d'équipage du *SS Westminster*, même si Harry jugea bon de leur rappeler que les premiers arrivés seraient les premiers servis. « Deux heures et demie précises, marmonna-t-il. Si vous n'êtes pas là, vous n'aurez pas le boulot. »

Wesley présenta Meade à Everhart et ils allèrent boire une bière au bar du coin. Meade était un jeune type d'un peu moins de trente ans, bavard, intelligent, qui caressait constamment une moustache brune exquise avec un air pensif pendant qu'il parlait pour ne rien dire, avec un léger scintillement dans ses yeux bleus, et une démarche saccadée qui ne l'empêchait pas de se faufiler entre les piétons comme s'ils n'avaient pas été là. Sur le chemin du bar dans Hanover Street, il clama de façon assez désinvolte au moins trois insultes en direction de différents passants qui avaient provoqué cette foucade.

Au bar, Wesley et lui se remémorèrent bruyamment

leurs expériences passées, qu'Everhart écouta avec un intérêt poli. Depuis une table dans un coin de la salle, d'autres marins les appelèrent, ils les rejoignirent donc avec leurs bières, et une réunion tumultueuse débuta. Wesley avait l'air de les connaître tous.

Une demi-heure plus tard, Wesley se leva et donna rendez-vous à Meade à l'Union Hall à deux heures et demie. Et Everhart et lui quittèrent le bar pour se diriger vers Atlantic Avenue.

« Et maintenant, tes papiers », annonça-t-il à Bill.

Il était pratiquement impossible de traverser Atlantic Avenue tant la circulation était intense, mais une fois qu'ils eurent réussi à passer de l'autre côté et se retrouvèrent près d'une jetée, le cœur de Bill se mit à battre à toute allure en découvrant, amarré à moins d'une trentaine de mètres, un grand cargo gris, sa coque incurvée partiellement couverte de rouille, un mince filet d'eau s'écoulant des dalots, et sa puissante proue s'élevant bien au-dessus du toit de la baraque sur le quai.

« C'est... ça ? s'écria-t-il.

— Non. Le *Westminster* est au quai six. »

Ils marchèrent jusqu'au bureau des affaires maritimes dans l'atmosphère chargée de l'odeur de pourriture des réserves, des eaux sales, du poisson et du chanvre. De tristes façades de magasins d'accastillage étaient alignées dans la rue, des vitrines remplies de cabans bleu marine, de bleus de chauffe, d'uniformes d'officiers, de petites boussoles, de couteaux, de casquettes de mécanicien, de portefeuilles de matelot et tout l'attirail nécessaire aux hommes qui prennent la mer.

Le bureau des affaires maritimes occupait tout un étage

d'un grand immeuble qui faisait face au port. Pendant qu'un vieil homme qui fumait la pipe préparait ses papiers, Everhart pouvait voir, au-delà des quais proches et de la gare de triage, la bande d'un vert bilieux de l'océan qui s'étirait vers les chenaux où deux phares se dressaient comme les montants d'un portail ouvrant sur l'Atlantique sombre. Une mouette vint virer devant la fenêtre.

Un petit homme énergique prit ses empreintes digitales dans la pièce voisine. La cigarette au bec, il suffoquait presque pendant qu'il pressait les doigts enduits d'encre sur les papiers et sur un duplicata.

« Maintenant vous allez à la poste, dit le petit homme essoufflé quand il eut terminé, pour votre passeport. Et vous serez prêt à partir. »

Wesley était en train de fumer, appuyé contre le mur, quand Bill sortit avec tous ses papiers de la pièce où on avait pris ses empreintes.

« Passeport à présent, je suppose ? interrogea Bill en hochant la tête en direction de la sortie.

— Exact ! »

Ils allèrent au bureau de poste de Milk Street, où Bill remplit un formulaire pour son passeport et où on lui donna un certificat pour son premier voyage à l'étranger. Wesley, qui avait emprunté cinq dollars à Nick Meade, paya les droits pour Bill.

« J'en ai fini à présent, j'espère ? demanda Bill en riant quand ils se retrouvèrent dans la rue.

— C'est terminé.

— Le truc suivant, c'est les couchettes à bord du *Westminster*. N'est-ce pas ?

— Absolument.

— Bon, dit Bill avec un large sourire en tapant ses papiers. Je suis dans la marine marchande. »

À deux heures et demie, Wesley, Bill, Nick et sept autres marins furent engagés sur le *SS Westminster*. Pleins d'entrain, ils parcoururent la distance qui séparait Union Hall du quai numéro six en suivant l'enchevêtrement des rues du port de Boston, traversant Atlantic Avenue et longeant le pont tournant sur Mystic River, pour s'arrêter finalement le long des docks de Great Northern Avenue. En silence, ils contemplèrent le *SS Westminster*, qui se profilait sur leur gauche, sa masse grise monstrueuse occupant une grande partie de la zone de mouillage, et qui ressemblait étrangement, aux yeux étonnés de Bill, à une vieille baignoire.

Chapitre 5

« C'est ce qu'on appelle un cargo de taille moyenne », avait expliqué un marin à Everhart alors qu'ils descendaient tous ensemble du grand hangar en direction de la passerelle, saluant au passage les dockers qui étaient occupés à charger la cargaison à bord, à faire rouler les barils d'essence jusque dans la cale, à faire passer de grandes quantités de bois de charpente sous le pont à l'aide du bras massif d'un mât de charge. « Il fait du quinze nœuds à pleine vapeur, douze à vitesse de croisière. Pas très rapide – mais il affronte très bien le mauvais temps. »

Et lorsqu'ils avaient montré leurs ordres d'embarquement au garde qui se trouvait au pied de la passerelle et commencé à gravir les planches qui fléchissaient, Bill avait ressenti un étrange spasme au creux de l'estomac – il montait à bord d'un navire pour la première fois de sa vie ! Un navire, une grande et fière barque de retour des océans sans abri et en route pour d'autres encore, plus étranges et plus sombres que ceux qu'elle avait déjà sillonnés… et il était de la partie !

Bill était allongé sur sa couchette et se remémorait les curieuses sensations qu'il avait éprouvées dans l'après-midi. C'était le soir à présent. Depuis sa position dans la couchette supérieure, il pouvait voir par le hublot ouvert le mur sombre du hangar sur le quai. C'était une soirée chaude sans le moindre souffle. Le poste d'équipage situé sur le bâbord arrière, où il avait été affecté, était séparé du suivant par une cloison métallique rivetée, peinte en blanc. Deux ampoules brillantes illuminaient le petit espace depuis une poutre métallique au plafond. La pièce contenait quatre couchettes, deux hautes et deux basses, et un petit lavabo ; quatre casiers métalliques, deux chaises pliantes un peu déglinguées et un tabouret à trois pieds constituaient tout le mobilier de cette chambre de métal.

Bill jeta un coup d'œil vers l'autre marin qui avait été affecté aux mêmes quartiers. Il dormait, les traits de son visage espiègle et juvénile détendus dans le sommeil profond. Il ne devait pas avoir plus de dix-huit ans, se disait Bill. Était en mer depuis des années probablement.

Bill sortit son ordre d'embarquement de son portefeuille et médita ce qui y était écrit : « William Everhart, matelot, *S.S. Westminster*, homme de pont et garçon de carré ». Garçon de carré !... William Everhart, licence, maîtrise, professeur assistant de littérature anglaise et américaine à Columbia University... garçon de carré ! Ce serait sûrement une leçon d'humilité, pensa-t-il avec un petit rire, même s'il n'avait jamais vécu auparavant en pensant qu'il aurait pu être autre chose qu'humble, du moins un humble jeune pédant.

Il reposa la tête sur l'oreiller et se rendit compte que

c'était son premier moment de réflexion solitaire depuis qu'il avait pris brutalement la décision de rompre avec la futilité inconsidérée de sa vie passée. Cela avait été une bonne vie, une vie dotée d'un certain nombre de privilèges et de sécurité. Mais il ne regrettait pas d'avoir pris cette décision. Ce serait un grand changement, comme il l'avait tant répété à Wesley, un changement en dépit de tout. Et la paye était bonne dans la marine marchande, les compagnies n'hésitaient pas à récompenser les marins pour leur travail et leur courage. Et une telle somme d'argent serait certainement la bienvenue chez lui, quand son vieux en avait tant besoin pour sa santé. Ce serait un soulagement de pouvoir payer son opération et apaiser sa rancœur contre une famille qui ne l'avait pas traité de manière très équitable. Absorbé par son travail, sollicité par les exigences d'une vie sociale intense, Bill n'avait pas été, il l'admettait volontiers une fois de plus, un fils attentif. Il y avait une telle distance entre un père et son fils, toute une génération de différences de tempérament, de goût, d'opinions et d'habitudes. Cependant, ce vieux père, assis dans son antique fauteuil, en train d'écouter, la pipe au bec, son poste de radio antédiluvien pendant que le nouveau résonnait de toute sa puissance moderne et élégante dans la salle de séjour, n'était-il pas fondamentalement la raison même et le cœur de Bill Everhart, le créateur de tout ce qui avait été donné à Bill pour qu'il puisse s'en servir ? Et de quel droit, Bill se le demandait à présent en proie à la colère, sa sœur et son beau-frère pouvaient-ils le négliger avec une telle intensité spirituelle ? Et s'il avait été un vieillard qui se lamentait ?

Everhart commençait à comprendre graduellement

pourquoi la vie à New York lui avait paru si insensée, si angoissante, du fait de l'absence totale d'un but réel, dans la hâte et la harangue de ses journées de cours – jamais il ne s'était arrêté pour prendre en considération quoi que ce soit, *a fortiori* le cœur solitaire d'un vieux père, pas même les aspirations idéalistes qui étaient les siennes à dix-sept ans quand il était le porte-parole du mouvement de la classe ouvrière, les samedis après-midi à Columbus Circle. Tout cela, il l'avait perdu à cause d'une sensibilité trop aiguë pour faire face aux désillusions quotidiennes... les plaintes de son père, les railleries des suborneurs communistes et l'apathie sociale à la fois vivante et expirante qu'il supportait avec un silence flegmatique. Après quelques décharges électriques de la boîte à fusibles un peu imprévisible de la vie, Everhart avait baissé les bras et s'était tourné vers le splendide isolement de la vie universitaire. Pourtant, au cœur de cet isolement, n'y avait-il pas l'indication suffisante que tout passe et retourne à la poussière ? Quel était ce sonnet où Shakespeare parle avec des accents vibrants du temps qui peut « déraciner les murs »[1] ? Un homme doit-il être hors du temps et patient, ou doit-il être un pion du temps ? Quel profit pourrait espérer un homme qui plante des racines profondes dans une société qui est à tous égards insensée et changeante ?

Cependant, Bill admettait avec réticence que Wesley Martin lui-même s'était donné un but, et ce but était un idéal de vie – la vie en mer : Thoreau devant un

1. Sonnet 55 : « La guerre dévastatrice peut renverser / les statues, ou déraciner les murs. » (Traduction d'Yves Bonnefoy.)

mât. C'était la conviction qui avait conduit Wesley vers l'océan. La confusion y avait conduit Everhart.

Everhart, intellectuel confus, la plus ancienne mauvaise herbe de la société. Au-delà de ça, un type moderne et intelligent sans la conscience de classe de cette classe. Plus encore, un fils sans conscience – un amant sans femme ! Un prophète sans confiance, un maître sans sagesse et, pour finir, un sacré gâchis !

Bon, mais les choses seraient différentes dorénavant... Changer de vie lui donnerait peut-être la bonne perspective. Évidemment, cela n'avait rien d'une folie que de prendre des vacances loin de sa vie de rat de bibliothèque ou d'ours mal léché, ce qu'un autre versant de sa nature pourrait bien nier ! Quel mal y avait-il à traiter sa propre vie, dans les bornes de la conscience morale, comme il l'avait choisi et comme il l'avait librement souhaité ? Il était encore jeune, le monde allait peut-être lui ouvrir ses portes, comme cela avait été le cas ce soir de 1927 au Carnegie Hall, quand il avait entendu pour la première fois de sa vie les premiers accords de la *Symphonie n° 1* de Brahms ! Oui ! Comme il avait ouvert ses portes pour lui tant de fois pendant son adolescence et les avait refermées brusquement pendant la période enragée de ses vingt ans, comme si un maître sévère et hostile en avait été le portier.

Il avait maintenant trente-deux ans et il était soudain conscient d'avoir été un idiot, oui, quand bien même un idiot adorable, le tristement célèbre « Shortypants » avec ses théories érudites et le teint terreux de celui qui enseigne la vie... et non de celui qui la vit. N'était-ce pas Thomas Wolfe qui avait provoqué une brève étincelle en lui à l'âge de vingt-six ans et l'avait rempli d'un nouvel amour de la vie jusqu'à ce qu'il se rende progressivement compte que Thomas Wolfe – ses collègues avaient approuvé à l'unisson – était un romantique absolu ? Et alors ? Et si le triomphe avait été le seul objectif de Wolfe ?... Si la vie était essentiellement un combat, pourquoi ne pas combattre en vue du triomphe, pourquoi ne pas, dans ce cas, remporter un triomphe ? Wolfe avait omis d'ajouter de qui le triomphe était lige... et cela, aussi problématique fût-ce, pouvait certainement être résolu, résolu dans l'esprit même de son cri de triomphe. Wolfe avait fait résonner le vieux cri d'un nouveau monde. Les guerres viennent, les guerres s'en vont ! Enthousiasmant Bill, ce cri était une insurrection contre les forces du mal, qui s'insinuent sous la forme de la soumission au mal, ce cri était un déni du non-bien et un plaidoyer pour le bien. Allait-il donc, lui, William Everhart, plonger son être entier dans un monde nouveau ? Allait-il aimer ? Allait-il se donner de la peine ? Allait-il se battre ?

Bill se redressa, avec un sourire penaud sur les lèvres.

« Nom de Dieu, marmonna-t-il, ça se pourrait bien !

— Ça se pourrait bien quoi ? » demanda l'autre marin qui était réveillé et s'était assis sur sa couchette, les jambes pendant par-dessus la barre de sécurité.

Bill, l'air embarrassé, rit.

« Oh, je parlais tout seul. »

Le jeune marin ne dit rien. Après un long silence, il finit par demander : « C'est ta première traversée ?

— Oui.

— Merde, quelle heure est-il ?

— Neuf heures, je crois. »

Un nouveau silence se fit. Bill eut le sentiment qu'il ferait mieux d'expliquer son comportement un peu étrange avant que son compagnon ne le prît pour un fou, mais aucune explication ne lui venait à l'esprit. Le jeune marin, apparemment, avait déjà tout oublié puisqu'il voulait savoir pour quelle foutue raison ils n'étaient pas à terre en train de se soûler.

Everhart répondit qu'il attendait deux autres marins pour descendre à terre dans une demi-heure.

« Bon, je serai au réfectoire. Passez me prendre en descendant, requit le jeune homme. Je m'appelle Eathington.

— Très bien, on fera ça. Moi, c'est Everhart. »

Le jeune homme partit d'un pas lent. « Content de te connaître », lança-t-il avant de disparaître.

Bill sauta de sa couchette, s'approcha du lavabo et se pencha pour boire. Puis, il passa la tête par le hublot qui donnait à bâbord sur le mur du hangar. Le port était silencieux et sombre, à l'exception d'un ensemble de lumières au loin, là où une grande cale sèche était éclairée pour l'équipe de nuit. Deux petits feux, un rouge et un bleu, se pourchassaient sur la surface calme de la baie, le moteur de la vedette pétaradant au loin. Depuis Boston plongé dans une semi-obscurité parvenait le profond soupir prolongé de l'activité nocturne.

Ça alors ! se dit Bill. *Je ne me suis pas senti comme ça depuis longtemps. Si je dois me battre pour ce monde nouveau, où pourrais-je mieux le faire qu'à bord d'un navire marchand rempli de cargaisons de guerre ? Et si je dois faire des projets pour ma nouvelle vie, où pourrais-je mieux le faire qu'en mer – en vacances de la vie, pour revenir bronzé et aguerri, armé spirituellement pour faire face à tous les foutus coups tordus qu'elle a en réserve !* Il arpenta le poste d'équipage en silence.

Et lorsque je reviendrai, je garderai les yeux grands ouverts... Et s'il se préparait quelque chose de déloyal dans cette guerre, je le sentirais avant tout le monde et je le combattrais ! J'avais des idées autrefois... J'avais l'étincelle. Nous verrons bien ce qui va se passer. Je suis prêt à toute éventualité... Je ne pense pas avoir été aussi fou depuis bien longtemps, mais c'est drôle, c'est nouveau et, merde, c'est rafraîchissant.

Bill s'arrêta au milieu de la cabine et la considéra avec curiosité en ajustant ses lunettes. *Un bateau, que diable ! Je me demande quand nous allons appareiller...*

Des rires interrompirent sa rêverie : c'était Nick Meade et Wesley qui arrivaient dans la coursive.

« Bien installé, mec ? lança Wesley. Descendons boire un peu de whisky de mon vieux !

— Oui, je suis prêt, répondit Bill. J'essayais de me faire à l'idée que je suis à bord d'un bateau... »

Ils allèrent jusqu'au bout de la coursive et entrèrent dans le réfectoire. Un groupe de soldats étaient assis à une des longues tables et buvaient du café.

« Qui sont-ils ? demanda Bill, curieux.

— Des artilleurs », répondit Meade aussitôt.

Le jeune Eathington était assis seul devant une tasse de café. Bill lui fit signe. « Tu viens ? » lança-t-il, avant d'ajouter à voix basse pour Wesley : « Je partage ma cabine avec lui. Ça ne t'embête pas s'il vient avec nous ? »

Wesley leva la main et dit : « On va boire gratis ! Plus on est de fous... »

Ils traversèrent la coquerie, avec ses chaudrons en

aluminium, ses poêles et ses casseroles suspendues, son énorme cuisinière et son long comptoir. Un cuisinier imposant était penché au-dessus d'un chaudron, une pipe en rafle de maïs au bec. C'était un Noir et, penché sur sa soupe fumante, il se mit à chanter de sa voix de basse une étrange mélodie.

« Hé, Glory ! cria Nick Meade pour interpeller le cuisinier géant. Viens te soûler avec nous. »

Glory se retourna et retira la pipe de sa bouche. « C'est une mode ! rétorqua-t-il d'une voix grondante et geignarde à la fois. Vous, les enfants, z'allez sortir vous cuiter ? »

Le jeune Eathington sourit, l'air espiègle : « Merde, qu'est-ce que tu crois, Glory ? Qu'on va rester ici pour se régaler de ta soupe infecte ? »

Glory écarquilla les yeux en faisant semblant d'être étonné.

« C'est une mode ! tonna-t-il. Une mode bien tordue ! Ces gamins qui vont se cuiter. »

Ils riaient aux éclats dans le couloir des officiers quand ils entendirent Glory se remettre à fredonner.

« Où est passé tout le monde sur ce bateau ? demanda Bill. Il est désert.

— Ils sont tous allés boire, répondit Meade. Glory est probablement le seul à bord maintenant. Tu les verras demain matin au petit déjeuner.

— Samedi soir », ajouta Eathington.

Ils descendirent la passerelle.

« Tu as entendu ce qu'il chantait le cuistot ? dit Wesley. Un de ces blues de là-bas. J'ai entendu chanter ça en Virginie, il y a longtemps, quand je travaillais sur un chantier de construction. Le vrai blues de là-bas, mec.

— Où est-ce qu'on va ? demanda Eathington en inclinant sa casquette de mécanicien pour se donner un air canaille.

— Au bar de mon père dans le South End.

— Alcool gratis ? hurla Eathington. Hé, je ne me plains pas... J'ai claqué tout le fric qui me restait dans un billard de Charlestown. »

Une fois sur le quai, ils marchèrent d'un pas rapide en direction d'Atlantic Avenue. Nick Meade, qui s'était embarqué comme graisseur, demanda à Eathington si, lui aussi, avait un boulot dans la salle des machines.

« Non, j'ai embarqué comme aide-cuisinier. J'ai signé hier. Je n'ai rien trouvé de mieux.

— Alors pourquoi tu portes cette casquette de mécanicien, merde ? » dit Meade.

Le gamin sourit, un peu insolent : « Juste pour le plaisir ! »

Le visage de Wesley, aux anges, s'illumina : « Donne-moi cette casquette ! Je vais la jeter dans ta bière ! » Il s'approcha d'Eathington, mais celui-ci partit en courant dans la rue en riant. Wesley bondit derrière lui comme un daim. En un rien de temps, il était de retour, la casquette sur la tête et un sourire diabolique aux lèvres.

« De quoi j'ai l'air ? »

Ils prirent le métro pour se rendre dans le South End et ils entrèrent enfin dans la « Taverne » de Charley Martin. C'était en vérité le saloon le plus misérable dans lequel était jamais entré Everhart. Le plancher était couvert de sciure, il y avait des crachoirs un peu partout. Plusieurs ivrognes étaient affalés devant leur verre à différentes tables, et il lui fallut un certain temps pour se faire à l'idée que l'un d'eux était en fait une femme, avec des jambes qui ressemblaient à des bâtons.

Derrière le bar, jouant avec les boutons de la radio, se tenait un homme avec un tablier de barman. Il ressemblait beaucoup à Wesley, à l'exception de ses cheveux blancs et de ses joues pleines.

« Voici le vieux bouc », annonça Wesley en glissant vers le bar. Son père se tourna vers lui.

Les salutations furent simples : le vieil homme, surpris, leva les mains et ouvrit la bouche, dans un même mouvement silencieux et enjoué. Puis il se dirigea vers l'extrémité du bar et, l'air toujours surpris, il tendit l'une de ses mains fines à son fils. Wesley la serra fermement et c'est ainsi qu'ils se saluèrent.

« Oui, oui, oui..., dit M. Martin sur un ton grave.

— Comment va ? demanda Wesley avec un vague sourire.

— Oui, oui, oui..., répéta le vieil homme mince aux cheveux argentés, serrant toujours la main de son fils et le dévisageant avec un air grave et soucieux. Où étais-tu donc passé ?

— Un peu partout, répondit Wesley.

— Un peu partout, hein ? » répéta le père, la main serrant toujours celle de son fils. Puis, il se tourna vers un groupe d'hommes assis au bar, qui regardaient la scène avec de grands sourires. « Les gars, annonça-t-il, voici mon fiston. C'est ma tournée. »

Alors que le père retournait vers ses bouteilles, le fils dut serrer la main d'une demi-douzaine de piliers de bar ravis de l'aubaine.

M. Martin aligna les verres le long du bar avec les

gestes lents d'un homme en train de procéder à un rituel riche de sens. Bill, Meade et Eathington s'assirent à côté de Wesley. Une fois les verres remplis de scotch, M. Martin se servit une bonne rasade dans un verre à eau avant de se retourner lentement vers l'assistance. Un silence profond régnait.

« Au fiston », dit M. Martin en levant son verre.

Tous burent sans un mot, y compris Wesley. Après cela, la nuit était lancée pour lui et ses compagnons de bord, car la première chose que fit le vieil homme fut de remplir leurs verres à nouveau.

« Buvez, commanda-t-il. Rincez ce que vous venez de boire ! » Ils le firent.

Eathington s'approcha du juke-box et choisit un titre de Beatrice Kay[1].

« Mon vieux travaillait dans le show-business », cria-t-il à l'adresse de toute la salle. Et pour en donner la preuve, il se lança dans un pas de danse glissé sur le plancher, casquette dans une main pendant que l'autre, ouverte, faisait un petit salut de vaudeville qui fit mourir de rire Everhart. Nick avait l'air de s'ennuyer. Wesley, lui, était content de remplir de nouveau son verre à la bouteille que son père avait laissée devant eux.

Quinze minutes de ce régime et Everhart était bien parti pour finir ivre mort. Chaque fois qu'il vidait son verre, Wesley le remplissait de nouveau, l'air sérieux. Meade était perdu dans sa rêverie, mais, au bout d'un moment, il leva les yeux et, en caressant avec un air

1. Beatrice Kay (1907-1986), chanteuse et actrice de vaudeville américaine.

absent et sensuel sa moustache, il s'adressa à Bill : « Wes me dit que c'est ta première traversée, Everhart.

— Oui, en effet, admit Bill comme pour s'excuser.

— Qu'est-ce que tu faisais jusqu'à présent ?

— Je donnais des cours à Columbia, j'étais assistant...

— Columbia ! s'exclama Meade.

— Oui.

— Je me suis fait virer de Columbia en 1935, dit Meade en riant. En première année !

— Toi ? dit Bill. En 1935 ? Je préparais mon diplôme de maîtrise. Ce qui explique sans doute pourquoi je ne t'ai jamais rencontré. »

Nick passa ses doigts sur sa moustache et tira sur ses extrémités avec un air pensif.

« Tu t'es fait virer pour quoi ? continua Bill.

— Oh, dit Nick avec un geste de la main désinvolte, j'y suis entré avec l'unique intention de rejoindre le syndicat des étudiants. Je me suis fait virer au bout d'un mois à peine.

— Pour quelle raison ? demanda Bill en riant.

— Ils ont dit, je crois, que c'était parce que j'étais un dangereux révolutionnaire, pour incitation à l'émeute, etc. »

M. Martin était devant eux.

« Tout va bien, les gars ? demanda-t-il sur un ton solennel.

— Ça, c'est sûr, monsieur Martin », répondit Bill en souriant. M. Martin passa le bras au-dessus du bar et fit semblant de donner un coup de poing à Wesley. Celui-ci esquissa un sourire, jouant le fils timide.

« Vous avez suffisamment à boire ? grommela le père,

les sourcils blancs touffus, froncés au-dessus d'un regard sérieux, austère.

— Ouais », répondit Wesley, l'air modérément satisfait.

Le vieil homme le dévisagea intensément pendant quelques secondes avant de retourner à son travail avec solennité.

Everhart s'était trouvé un nouveau camarade : enthousiasmé, il faisait face à Nick Meade et voulait tout savoir de son expulsion de Columbia.

Nick haussa les épaules nonchalamment : « Pas grand-chose à raconter. On m'a tout simplement foutu dehors. Je me suis trouvé un boulot dans un drugstore *downtown*, sur la 10e Rue Est. Quand j'ai découvert que les autres employés n'étaient pas organisés, j'en ai emmené quelques-uns dans un syndicat à deux blocs de là. Quand le patron a refusé de reconnaître notre droit à nous syndiquer, on a arrêté le travail ; il a engagé d'autres gens et donc, le lendemain matin, nous avons organisé un piquet de grève. Tu aurais dû le voir, l'entendre en train de hurler !

— Il a cédé ?

— Il a été obligé, ce vieux con.

— Qu'est-ce que tu as fait après ça ?

— Buvez encore un coup », leur ordonna Wesley en remplissant leurs verres. Lorsqu'ils reprirent leur conversation, M. Martin s'approcha et se mit à parler à voix basse à Wesley. Une information de nature confidentielle, semblait-il aux oreilles d'Everhart.

« J'ai pris contact avec deux des gars, reprit Nick en allumant une cigarette. Un soir, on a décidé de partir pour l'Espagne et on est partis. On s'est retrouvés là-bas dans la brigade internationale Abe Lincoln. Trois mois plus tard, j'ai été blessé près de Barcelone, mais tu serais étonné si tu savais où. L'infirmière...

— Tu as combattu avec les républicains ! s'écria Everhart, incrédule.

— Ouais..., répondit Nick, caressant sa moustache.

— Laisse-moi te serrer la main, Meade, dit Bill en tendant la sienne, éperdu d'admiration.

— Merci, répondit Nick, laconique.

— J'aurais aimé faire la même chose, enchaîna Bill. C'était une sale affaire pour le peuple espagnol, trahi de tous les côtés...

— Sale affaire ? répéta Nick en toussant. C'était bien pire que ça, vu la façon dont le monde entier a réagi... Avec une telle inconséquence. L'Espagne saignée à blanc et le reste du monde qui ne faisait rien. Je suis rentré entier en Amérique et je m'attendais à des feux d'artifice, et qu'est-ce que j'ai vu ? Je te jure, il y avait des Américains qui ne savaient même pas qu'il y avait eu une guerre. »

Everhart se contenta de hocher la tête en silence.

« Ces infâmes fascistes ont eu tout le temps qu'il leur fallait pour se préparer au combat et – qui peut le nier aujourd'hui ? – Franco s'est emparé de l'Espagne et personne n'a levé le petit doigt pour protester. Et combien de mes potes ont été tués pour rien ? Ce n'était rien sur le moment, on combattait les fascistes et c'était très bien. Mais maintenant que c'est terminé et qu'on regarde en arrière, on a tous le sentiment d'avoir été une bande de pigeons. Trahis par tous ceux qui auraient pu nous aider, y compris Léon Blum. Mais ne va pas croire une seconde qu'un seul de nous a jeté l'éponge – plus on se faisait écraser, plus on était trompés, poignardés dans le dos, je te le dis, plus on revenait avec l'envie de se battre, et un de ces jours, on va rendre la monnaie... et les républicains en Espagne aussi. »

Nick caressait nerveusement sa moustache. « Mon pote rend la monnaie à l'instant même, finit-il par ajouter. Merde, j'aimerais vraiment être avec lui...

— Où est-il ?

— Il combat avec l'Armée rouge. Après nous être faufilés à travers les lignes de Franco, nous avons traversé les Pyrénées vers la France. On a traîné dans Paris jusqu'à ce qu'on se fasse piquer et déporter. De là, on est allés à Moscou. Quand je suis rentré, il est resté. Nom de Dieu, j'aurais mieux fait de rester !

— Pourquoi tu ne l'as pas fait ?

— J'ai rencontré une Américaine là-bas et j'étais à la colle avec elle. Elle vendait des magazines pour les Soviets. On est rentrés à New York et on s'est planqués dans Greenwich Village, et on y a vécu depuis – nous nous sommes mariés, il y a trois mois – et je suis dans la marine marchande depuis trois ans maintenant. »

Everhart ajusta ses lunettes : « C'est quoi ton prochain coup ? Les Forces françaises libres ?

— Mon prochain coup, c'est ça... la marine marchande. Nous apportons des cargaisons à nos alliés, non ? Nous combattons le fascisme autant qu'un soldat de l'infanterie ou un marin de la Navy.

— C'est vrai, acquiesça Everhart avec un sentiment de fierté.

— Bien sûr que c'est vrai, cracha Nick.
— Qu'est-ce que tu vas faire après la guerre ?
— Après la guerre ? chantonna Nick d'une voix triste. Il y a encore pas mal de combats à livrer. Je vais retourner en Europe. En France peut-être. Fais attention à ta cigarette...
— Euh, sans vouloir être trop indiscret, qu'est-ce que tu as l'intention de faire de ta vie en général ? »
Nick le regarda d'un œil vide.
« Me battre pour les droits de l'homme, dit-il précipitamment. Qu'est-ce qu'on peut faire d'autre ? »
Everhart se rendit compte qu'il hochait la tête. Lentement. Les yeux bleus de Nick le scrutaient, les yeux des masses accusatrices, se dit-il, les yeux qui l'engageaient lentement à dire ce qu'il avait à l'esprit, en raison de l'air de calme défi qui habitait ce regard.
« Euh... j'espère que tu ne vas pas penser que je suis maintenant un vieil imbécile de conservateur... Mais quand j'étais un gamin, à l'âge de dix-sept ans pour être précis, j'ai fait des discours à Columbus Circle... Je suis monté sur l'estrade et je leur ai parlé du fond du cœur, aussi jeune, immature et sentimental que cela ait pu être, et ils ne m'ont pas entendu ! Tu le sais aussi bien que moi. Ils sont tellement ignorants et, dans leur ignorance, ils sont tellement pathétiques, tellement impuissants ! Quand les anticommunistes ont commencé à me siffler, les gens ont souri de la situation difficile dans laquelle j'étais...
— Toujours la même histoire, coupa Nick. Ce genre de truc ne nous mènera nulle part évidemment. Tu faisais plus de mal que de bien...

— Oui, bien sûr, mais tu sais ce que c'est quand on est jeune... »

Nick sourit : « Ils avaient mis ma photo, à seize ans, à la une du journal local : le scandale de la communauté, le révolutionnaire du coin... Et devine quoi ?

— Quoi ?

— Ma mère était ravie ! Elle avait été une véritable furie elle-même, suffragette et tout ça... »

Ils rirent brièvement et Everhart reprit : « En tout cas, à dix-neuf ans, j'ai tout laissé tomber, désenchanté à jamais. J'ai tourné en rond pendant un bout de temps, répondant sèchement à quiconque m'adressait la parole. Et lentement je me suis plongé corps et âme dans l'étude de la littérature anglaise ; j'ai évité sciemment tout ce qui avait à voir avec les sciences sociales. Comme tu peux l'imaginer, les années ont défilé – ma mère est morte – et le peu de conscience politique que j'avais au départ a disparu complètement. Comme Rhett Butler, je n'en avais rien à foutre... Comme un porc, je dévorais la littérature – particulièrement Shakespeare, Donne, Milton, Chaucer, Keats et les autres – et j'ai laissé derrière moi une trace suffisamment brillante pour me valoir un poste d'assistant à l'université. Chaque fois que je tombais sur la contestation politique dans mes cours, je la traitais de manière purement objective. En lisant et en commentant Dos Passos, il y a quelques étés déjà, je n'ai envisagé ses œuvres que d'un point de vue purement littéraire. Merde, alors que j'ai commencé à éviter délibérément le socialisme, je crois que j'ai fini par ne plus m'y intéresser du tout. Dans la mesure où j'étais à l'université, menant une vie joyeuse sinon féconde, je n'éprouvais plus le besoin de m'en préoccuper. » Nick resta silencieux.

« Mais je vais te dire un truc, j'ai tiré une seule leçon de toutes ces années : c'est de ne pas faire confiance à grand-chose. J'avais toujours cru au mouvement de la classe ouvrière, même s'il me sortait de l'esprit de temps à autre, mais je sais à présent à quoi je ne croyais *pas* pendant toutes ces années, avec plus de rancœur inconsciente que de haine consciente. » Bill le regardait attentivement.

« C'était quoi ? demanda Nick sur un ton froid et suspicieux.

— La politique d'abord, la pure politique. Les hommes politiques ne survivent que s'ils font certaines concessions. S'ils n'en font pas, ils sont chassés du pouvoir. Par conséquent, idéaliste ou pas, un homme politique est toujours confronté à un choix épineux, tôt ou tard, entre la justice et la survie. Cela va inévitablement corrompre ses idéaux, non ?

— Ça paraît naturel. Quoi d'autre ?

— La dépendance à l'égard d'un groupe... Je n'ai aucune confiance en ça, en premier lieu parce que cela signifie plier son esprit à la volonté dogmatique d'un groupe. Quand je dis cela, je me réfère non pas à un groupe économique où, à mon sens, il est naturel et même inévitable de tout partager. Je parle plutôt de groupe spirituel... Un groupe spirituel ne devrait pas exister. Chaque homme a son propre esprit, Meade, chaque homme a son âme propre.

— Pourquoi tu me racontes tout ça ? coupa Nick.

— Parce que le jour viendra peut-être où la guerre

matérialiste que tu livres contre les forces du fascisme et de la réaction sera finalement victorieuse, remportée par toi et les tiens... et moi, nom de Dieu. Et lorsque ce jour arrivera, lorsque la classe qui partage sera au pouvoir, lorsque les droits de l'homme seront évidents pour l'humanité entière, qu'est-ce qu'il te restera ? Ta part égale des choses nécessaires à la vie ? »

Les yeux de Nick lançèrent des éclairs : « Pauvre abruti ! Tu veux me dire que la guerre contre le fascisme est purement matérialiste, comme tu dis ? Une guerre contre une idéologie qui a brûlé les livres, conçu une fausse hiérarchie des races humaines, réduit la bonté humaine à de la faiblesse, piétiné toutes les cultures accumulées en Europe et leur a substitué un culte de la brutalité inconcevable...

— Attends un peu ! dit en riant Bill qui, étonné par l'érudition inattendue de Meade, tenait à ajouter son grain de sel. Tu ne me dis pas une chose. Je veux que tu t'arrêtes une seconde et que tu réfléchisses : efface la composante "fascisme", parce que ça ne compte pas vraiment dans notre discussion. Le fascisme est un monstre, une perversion, une bête hideuse, si tu veux, qui doit être détruit et qui sera détruit. Mais une fois que ce sera fait, notre problème ne sera pas résolu pour autant. Même si nous signons une paix satisfaisante, une paix pour l'homme ordinaire, le problème ne sera pas résolu. Un monde où les hommes vivent dans une sécurité coopérative est un monde où la faim, l'envie, la peur, etc., n'existent pas. Les hommes *partageront*... J'adopte une perspective à long terme sur tout le truc... les hommes vivront dans un monde d'égalité économique. Mais l'esprit sera toujours persécuté. Tu as l'air de croire qu'il ne le sera pas. Les hommes continueront à se tromper, à tricher, à s'enfuir avec la femme d'un autre, à voler, à tuer, à violer...

— Oh, s'écria Nick de manière affectée, tu es un de ces soi-disant observateurs de la nature humaine. » Il se détourna.

« Attends ! Je ne suis pas la voix rétrograde qui résonne depuis les pages de l'Ancien Testament. Je suis comme toi, je nierai la fragilité humaine aussi longtemps que je vivrai – j'essaierai de guérir la nature humaine dans la tradition du mouvement progressiste. Je ne vois pas d'issue facile et rapide. Je pense que les antifascistes vivent dans cette illusion. Ils pointent le doigt sur le fascisme comme la source de tout le mal, ils pointent le doigt sur tout fasciste bien de chez nous comme étant par nature la source de tout le mal. Ils pensent qu'en détruisant le fascisme, ils vont détruire tout le mal dans le monde d'aujourd'hui, alors qu'ils ne font que détruire, je crois, ce qui est peut-être le dernier grand mal concerté. Une fois détruit, le mal individuel désorganisé sera toujours avec nous...

— Lieux communs ! cracha Nick. Un enfant sait tout ça !

— Et moi plus que n'importe lequel, si tu veux bien pardonner mon insupportable vanité... Mais j'ai abordé le sujet pour une seule raison, pour souligner que le fait d'être simplement antifasciste ne suffit pas. Tu dois aller au-delà de l'antifascisme, tu dois être plus méticuleux dans ta quête d'un but de l'existence.

— C'est un but suffisant pour quiconque de nos jours,

contra Nick. Tu ne connais pas les fascistes aussi bien que je les connais, j'en ai peur.

— Tu dis, insista Bill, vouloir vivre pour les droits de l'homme. Tu n'es pas censé vivre pour la vie elle-même ? Les droits de l'homme sont-ils... la vie ?

— Ils le sont pour moi, fut la réplique glaciale.

— Et seulement une partie de la vie pour moi, dit Bill en souriant, une partie importante de la vie, mais pas toute la vie.

— Tu sais ce que tu es ? déclara Nick, profondément agacé. Tu es un de ces "intellectuels" confus, semi-aristocratiques, qui délirent à la table des débats pendant que des hommes meurent de faim dehors...

— Je ne ferais jamais une chose pareille et, soit dit en passant, nous avions émis l'hypothèse que l'injustice organisée avait cessé. »

À cet instant précis, Nick regarda Bill droit dans les yeux.

« Très bien, professeur, supposons qu'elle a cessé, proposa Nick.

— Qu'est-ce qu'il te reste à part l'économie...

— Il me reste un monde, coupa Nick, dans lequel toutes tes fichues théories sur tel et tel sujet peuvent au moins être mises en action au lieu d'être éliminées !

— N'ai-je pas dit que le fascisme était notre problème le plus immédiat ? riposta Bill.

— Oui, tu l'as dit. Alors quoi ?

— Donc, ce problème par la suite, peut-il être tranché d'un coup d'épée moralisatrice ou bien par l'esprit en soi ?

— Ce problème par la suite, comme tu dis, n'a aucune

importance en ce moment, répliqua Nick. Tes théories profondes ne m'attirent pas le moins du monde...

— Ce qui fait de toi un iconoclaste ! dit Bill en souriant.

— Très bien, et ce qui fait de toi un nouveau type de réactionnaire... et un fainéant. Bon, buvons ce qui reste de scotch et disputons-nous une autre fois. » Nick était dégoûté.

Bill leva son verre : « Euh... au moins tu auras quelqu'un avec qui te disputer pendant cette traversée. Buvons, toi et moi, au socialisme ! »

Nick tourna des yeux aux paupières lourdes et dit d'une voix lasse : « S'il te plaît, ne sois pas idiot... Je hais les socialistes plus encore que les capitalistes. »

Bill esquissa un sourire rusé et se mit à chanter : « Debout, les forçats de la faim, le monde va changer de base, la raison tonne en son cratère...

— Ça suffit ! coupa Nick, irascible.

— Qu'est-ce qui se passe ?

— Buvons nos verres, mais je ne veux pas chanter *L'Internationale* dans une taverne – c'est une insulte d'ivrogne. »

Bill cogna son verre contre celui de Nick. « Désolé... À ta santé. »

Pendant cette longue discussion, Wesley avait bu régulièrement, comme s'il avait désiré se soûler. Eathington, entre-temps, avait trouvé quelqu'un à qui parler à une table du fond.

Pendant que Meade et Everhart poursuivaient leur conversation, M. Martin revint vers Wesley et, de nouveau, il s'adressa à lui sur le ton de la confidence.

« Elle vient d'arriver... Elle dit qu'elle va venir ici tout de suite », dit le vieil homme, en jetant des regards inquiets à son fils. Le père et le fils se dévisageaient avec cette intensité fixe qu'Everhart avait remarquée chez Wesley, la première fois qu'ils avaient échangé un regard dans le bar de Broadway.

Ils continuèrent à se dévisager sans dire un mot pendant de nombreuses secondes. Puis, Wesley haussa les épaules.

« Ce n'est pas de ma faute, fils, grommela le père. Elle est venue me trouver et m'a dit de l'appeler si jamais tu venais ici. Elle est dans cet hôtel et elle attend depuis deux mois que tu débarques. Pas de ma faute. »

Wesley remplit son verre : « Je sais bien que ce n'est pas de ta faute. »

Le vieil homme lança un regard furieux à son fils, tout en essuyant rapidement le bar d'un coup de torchon. Il était maintenant dix heures et demie. La salle s'était remplie et, entre le bar et les tables, la serveuse était débordée.

« En tout cas, ça ne fera pas de mal, ajouta M. Martin. J'ai du travail. » Il retourna derrière le bar. Un barman était arrivé pour l'assister et il s'agitait follement entre les bouteilles et les shakers, les verres et les bières à la pression, au fur et à mesure que les commandes s'accumulaient. M. Martin, même s'il bougeait plus lentement, pouvait préparer plus de cocktails et servir plus de bières, ce qui avait pour conséquence d'accélérer la cadence pour son jeune assistant harassé. La musique incessante en provenance du juke-box était entrecoupée par la porte moustiquaire qui claquait chaque fois qu'un client entrait ou sortait. L'atmosphère était confinée et collante, mais les ventilateurs au plafond parvenaient à souffler un air qui empestait la bière.

Wesley, observant un silence morose, remplit les verres de Bill et de Nick au moment où ils se lançaient dans une conversation sur le cinéma russe et français. Il se concentra sur son verre et le vida rapidement. Le scotch avait brûlé sa gorge, s'était répandu dans son estomac, diffusant sa chaleur et son puissant mystère.

Elle arrivait ! Il allait la revoir après toutes ces années... Edna. Sa petite femme...

Wesley alluma une cigarette et inhala profondément, péniblement : il pouvait sentir la blessure moelleuse au creux de ses poumons, l'odeur piquante dans ses narines à mesure que la fumée s'échappait en deux petites volutes. Il écrasa sa cigarette brutalement.

Que pouvait-elle bien vouloir ? N'avait-elle pas suffisamment foutu les choses en l'air ? Une petite idiote, voilà ce qu'elle était, une vraie folle s'il y en avait jamais eu... Et il l'avait épousée dix ans plus tôt, à l'âge de dix-sept ans, le pire demeuré de la ville épousant une de ces filles de touristes ridicules de l'été, s'enfuyant ensemble au cours d'une cuite monstrueuse.

Bon, ils étaient assez bien installés... Cet appartement dans James Street avec l'adorable kitchenette. Et son père avait augmenté son salaire au garage à trente dollars, un bon boulot avec une femme adorable qui l'attendait à la maison. Ses parents fortunés l'avaient abandonnée, la tenant pour folle, même s'ils lui envoyaient un chèque tous les mois, avec quelques lignes pour exprimer leur espoir de ne pas la voir vivre dans la misère et la saleté !

La misère et la saleté ! Même s'il n'avait que dix-sept

ans et sortait à peine du lycée, il avait suffisamment de bon sens pour prendre soin de sa jeune épouse. Rien de ce qu'il avait fait n'était à l'origine de ce qui avait mal tourné. Edna, à seize ans, était une petite têtue, sauvage. Cette nuit-là, au garage, quand l'hôpital avait appelé et l'avait informé que sa femme avait été grièvement blessée dans un accident de voiture près de la frontière du Vermont et de l'État de New York... Était-ce sa faute si elle allait se cuiter avec des gamins du lycée pendant qu'il travaillait comme un chien dans le garage de Charley ? Mutilée dans un accident alors qu'elle était enceinte de cinq mois. Et pour couronner le tout... sa famille l'avait fait transporter dans un hôpital de luxe à New York et ce fils de pute qu'était son oncle s'était pointé chez lui, cherchant la bagarre. Charley l'avait foutu dehors, lui avait dit d'aller se faire voir ailleurs.

Wesley jeta un coup d'œil affectueux en direction de son père, qui secouait le shaker et discutait avec des clients. Charley Martin, le père le plus formidable qu'un type ait jamais eu ! Il avait foutu dehors l'oncle d'Edna, ce fils de pute, lui avait dit d'aller au diable pendant que Ma hurlait. Et lui s'était assis dans le grand fauteuil, brisé, sidéré par l'accident, par les fausses accusations, par tout. Charley était le type qui l'avait tiré de ce mauvais pas...

Dix ans. Il avait travaillé encore quelques semaines au garage, en proie à une véritable transe, jusqu'à ce que les premières lettres d'Edna commencent à arriver de l'hôpital de New York. Elle allait récupérer et ils allaient tout recommencer à zéro, elle l'aimait toujours autant, il lui manquait, pourquoi ne venait-il pas la voir ? Bien sûr !

Ses parents friqués auraient adoré ça. Bien sûr ! Elle l'aimait, elle l'aimait tellement qu'elle allait faire la fête avec des gamins du lycée pendant qu'il travaillait de nuit au garage.

Bah ! Il avait bien fait de tout envoyer promener. Au milieu de la nuit, il s'était levé, était allé marcher dans les rues, là où les arbres sombres bruissant dans l'obscurité de l'été semblaient lui murmurer un chant d'adieu, et il avait sauté sur le train de marchandises en direction d'Albany. Le début de tout ça – dix années à errer : Canada, Mexique, quarante-trois États, des boulots dans les garages, les cantines ambulantes, le bâtiment, les hôtels de Floride, chauffeur de camion en Géorgie, barman à La Nouvelle-Orléans, garçon d'écurie de courses, en route vers l'ouest avec le grand cirque, revendeur de billets à Santa Anita, bookmaker à Salem et finalement sa première traversée au départ de San Francisco. Et cela avait été alors ces journées paresseuses dans le Pacifique, passant le cap Horn et tout le bazar, depuis le Japon jusqu'à la Guyane néerlandaise. Dix ans... Rencontrant des types comme Nick Meade et participant aux émeutes des Indiens pauvres à Calcutta ; jeté en prison à Shanghai pour avoir suivi Nick partout – c'était un communiste, il n'y avait pas de doute... Mais il l'avait fait pour le bon temps et les grands principes, alors que Nick y croyait. Wesley Martin aurait préféré ne croire à rien, si cela signifiait subir les foutus embêtements par lesquels il était passé. Nick était un bon gamin, il avait combattu pour les pauvres Espagnols et il s'était pris du plomb en conséquence. Pour le goût personnel de Wesley, prendre la mer était suffisant, c'était tout ce qu'il voulait, et au diable les émeutes, les cuites, le mariage et tout le bazar. C'était une question de ne rien en avoir à foutre – l'océan suffisait, l'océan était tout. Livré à lui-même, il prendrait la mer et serait dans un monde à son goût, un monde juste, raisonnable, sensible, où un type pouvait s'occuper de ses affaires et faire sa part du travail.

Et que pouvait-elle bien vouloir à présent ? Il l'avait revue une fois auparavant, dans une boîte de nuit de New York, mais elle n'avait même pas remarqué qu'il était parti. Qu'elle aille au diable ! La plage et tout ce qui lui était lié l'ennuyaient au plus haut point…

Wesley remplit son verre, le but, le reremplit, le but aussi vite que le précédent. Quand elle arriverait, il serait tellement ivre qu'il ne la reconnaîtrait pas… À quoi pouvait-elle ressembler à présent ? Et merde ! Il était déjà pratiquement soûl. Peut-être qu'elle aurait l'air d'une vieille sorcière, d'une débutante à moitié étrennée, avec les cernes laissés par quelques cocktails de trop. Dans cette boîte de nuit de New York, elle avait l'air un peu plus âgée, bien sûr, mais elle avait toujours la même silhouette, le même rire vif… Elle était avec un grand type blond, qui n'arrêtait pas d'arranger sa cravate noire. Il y avait cinq ans de ça.

Wesley se retourna et jeta un coup d'œil du côté de la porte d'entrée… Allait-elle vraiment venir ? Avait-elle vraiment passé deux mois à Boston à l'attendre ?

Wesley se servit un autre verre. La bouteille était presque vide et il remplit donc les verres de ses deux camarades – ils parlaient de musique à présent – et versa la dernière goutte de whisky. Une fois de plus, il avait envie de briser la bouteille, comme il l'avait toujours fait avec ce qu'il considérait comme un symbole de pure futilité – chaque fois qu'il succombait à des promesses trahies. Il aurait aimé la balancer contre toutes les bouteilles alignées du bar de son père et payer ensuite les dégâts – peut-être qu'il aurait dû faire ça à New York, quand il avait huit cents dollars en poche, il aurait dû entrer dans le bar le plus joyeux de la ville et casser toutes les bouteilles, les miroirs, les chandeliers, toutes les tables et les cendriers, et...

« Wesley ? »

Le cœur de Wesley bondit dans sa poitrine. Son père, à l'autre bout du bar, dévisageait la personne dans son dos qui venait de lui parler. C'était Edna... c'était sa voix.

Wesley se tourna lentement vers la fille qui se tenait derrière lui, une fille pâle dans un tailleur d'été brun sombre. Une cicatrice courait sur son front jusqu'à son sourcil gauche. C'était une femme, une femme adulte et plus la petite Eddy qu'il avait épousée... Dix ans... Non, c'était une autre femme.

Wesley était incapable de prononcer un mot – il fixait ses yeux bleus inquisiteurs.

« C'est bien toi, Wesley ! » dit-elle, en partie pour elle-même.

Wesley ne savait que dire. Il était assis, la tête tournée, la fixant d'un regard sidéré.

« Est-ce que tu vas me dire bonjour ?

— Edna..., réussit-il à articuler, comme s'il avait été hypnotisé.

— Oui ! »

Wesley se dégagea du tabouret de bar lentement et se retrouva debout devant la fille, tenant toujours la bouteille vide. Ses mains tremblaient. Il ne pouvait détacher ses yeux étonnés du visage d'Edna.

« Comment vas-tu, Wesley ? » demanda-t-elle, s'efforçant d'être aussi formelle que possible.

Wesley resta muet pendant quelques secondes, les yeux écarquillés de stupéfaction. Il se balançait légèrement d'avant en arrière.

« Moi ? » finit-il par murmurer.

La fille bougeait les pieds nerveusement.

« Oui, comment vas-tu ? » répéta-t-elle.

Wesley regarda du côté de Bill Everhart et de Nick Meade, mais ils étaient plongés dans leur conversation et tellement ivres qu'ils n'avaient même pas remarqué la présence de la fille. Son père l'observait depuis l'autre extrémité du bar, fronçant ses sourcils blancs et broussailleux dans ce qui était une expression inquiète, pour autant que pouvait en juger Wesley.

Wesley se tourna de nouveau vers la fille.

« Je vais bien », parvint-il à bégayer.

Ils restèrent silencieux, dans un face-à-face hésitant au milieu du plancher couvert de sciure de bois.

« S'il te plaît, finit par dire Edna, tu veux bien... Aurais-tu la gentillesse de... m'accompagner dehors ? »

Wesley hocha lentement la tête. Alors qu'ils sortaient, il trébucha et faillit tomber – il était plus ivre qu'il ne se l'était imaginé : ivre mort.

Ils étaient dans la rue sombre, pleine de l'odeur de l'océan. Un métro aérien rugit à quelques blocs de là, et disparut dans le lointain. La musique et une vapeur de bière se déversèrent dans la nuit en provenance de la taverne.

« Marchons, suggéra Edna. Tu n'as pas l'air de te sentir très bien. »

Wesley se retrouva en train de se balader en compagnie d'Edna dans une ruelle voisine, ses cheveux bruns brillant sous les réverbères, ses talons claquant dans le silence amorti de la nuit.

« Merde alors ! marmonna-t-il.

— Oui ?

— Merde alors ! »

Edna rit soudain, le même petit rire vif qu'il avait presque oublié.

« C'est tout ce que tu as à dire ? » demanda-t-elle d'une voix impatiente.

Wesley se rendit compte qu'il avait toujours la bouteille vide à la main, mais il ne put s'empêcher de l'examiner avec un air complètement stupide.

« Qu'est-ce que vont dire les gens ? dit Edna en riant. Un homme et une femme marchant dans la rue avec une bouteille de whisky ! »

Il passa la bouteille d'une main à l'autre et ne dit rien.

« Ah, laisse-moi la poser. » Elle glissa sa main sur la sienne et s'empara délicatement de la bouteille... Le contact de sa main fit sursauter Wesley. Elle la déposa soigneusement dans le caniveau pendant qu'il fixait sa silhouette penchée. En se relevant, elle se trouva tout à coup très près de lui.

Wesley se sentit terriblement ivre – le sol commença à se dérober sous lui.

« Tu vas tomber ! s'écria-t-elle en saisissant son bras. Tu as beaucoup bu ? »

Il plaqua sa main sur son front et sentit qu'il était couvert d'une sueur froide. Sa mâchoire tremblait.

« Tu es malade, dit Edna d'une voix anxieuse.

— J'ai bu très vite. »

Edna l'entraîna, titubant, jusqu'au pas d'une porte. « Assieds-toi là. » Il se laissa tomber lourdement et plongea son visage dans ses mains. Elle s'assit à côté de lui et commença à caresser ses cheveux de ses doigts curieux, pleins de tendresse.

Ils restèrent quelques longues minutes sans rien dire, Wesley cachant toujours son visage dans ses mains. Il entendit une voiture passer.

Puis, elle parla.

« Tu as été beaucoup en mer ?

— Ouais.

— J'ai écrit à ton frère, il y a des années, et il me l'a dit. Il est marié maintenant.

— Ouais.

— Il m'a dit aussi que ton père avait ouvert une affaire à Boston et que tu passais le voir de temps en temps. »

Silence.

« Wesley, je t'ai cherché depuis que... »

Il jeta un coup d'œil rapide dans l'autre direction et se mit à étudier attentivement l'entrepôt de l'autre côté de la rue sombre.

« Tu es parti sans laisser la moindre trace, pas même à ton syndicat. Je t'ai écrit tant de lettres... Tu les as reçues ?

— Non.

— Tu ne les as pas reçues ?

— Je n'ai jamais pris la peine de demander.

— Eh bien, tu dois avoir des douzaines de lettres qui t'attendent au syndicat à New York. »

Il resta silencieux.

« Tu te sens mieux ?

— Ouais.

— Un peu d'air frais... »

Un chat rôdait, un chat longiligne. Wesley se souvint du chaton qu'il avait trouvé sur Broadway, quelques nuits auparavant. Ce chat était plus vieux, endurci, il avait été maltraité, il avait connu la faim, mais il n'était pas sans défense... comme le chaton.

« Tu veux savoir pourquoi j'ai cherché à te retrouver ? » demanda Edna tout à coup.

Wesley tourna ses yeux sombres vers elle : « Pourquoi ? »

Avant qu'il ait compris ce qui s'était passé, les lèvres d'Edna étaient pressées contre sa bouche et elle avait glissé son bras derrière son cou. Il reconnut vaguement le goût de sa bouche, une saveur piquante, parfumée, qui le faisait défaillir, avec la réminiscence de choses qu'il n'avait pas connues depuis des époques entières et qui refluaient vers lui avec ce tremblement caractéristique du deuil. C'était Eddy de nouveau ! C'était 1932 de nouveau ! C'était Bennington de nouveau et les arbres bruissant devant la fenêtre de leur chambre de nouveau et la légère brise du printemps soupirant dans le garage de nouveau, et le jeune homme amoureux de nouveau !

« Je t'aime toujours, Wes, et tu sais très bien que je t'aimerai toujours ! » soufflait-elle de sa voix rauque, rageuse, à son oreille.

Son murmure rauque de nouveau ! Le soleil, les chansons de nouveau !

« Je t'aime ! Je t'aime, Wes ! » disait son murmure sauvage.

Wes la saisit par les épaules qui n'offraient aucune résistance et l'embrassa. Quel était ce fantôme qui réapparaissait, venu des profondeurs du temps ? Était-ce cette petite Eddy, cette adorable petite Eddy dont il avait fait son épouse dans une autre vie, la fille de touristes née sous une mauvaise étoile, la fille qu'il avait rencontrée à un bal d'été et aimée sur les rives de l'étang de son enfance, sur le sable sous une lune bien lointaine – une lune étrange, secrète, heureuse ?

Les lèvres d'Edna étaient parfumées et actives. Il détacha sa bouche de la sienne et la plongea dans les boucles fraîches de ses cheveux. Les mêmes cheveux si doux ! Les mêmes cheveux si doux !

Edna pleurait... Les larmes roulaient sur la main de Wesley. Il souleva son visage vers lui et la regarda fixement dans l'obscurité, ce visage pâle, gemmé de larmes, ce visage étrange qui lui déchirait le cœur avec cette impression de changement tragique, irréfragable. Ce n'était pas elle ! Une fois de plus, elle attira son visage contre le sien. Des lèvres humides embrassaient son menton. Sur sa joue, pressée contre le front d'Edna, Wesley pouvait sentir une vague pulsation dans le sillon de sa cicatrice. Qui était cette femme ?

Une douleur profonde s'enfonça dans la poitrine de Wesley, une douleur intolérable qui remontait dans sa gorge. C'était Eddy bien sûr ! Elle s'était insinuée dans cette partie de lui-même qui était encore jeune et, à présent, elle sidérait cette part de lui-même qui était vieille, elle s'y introduisait comme une inconnue venant hanter sa vie. Il se leva d'un bond avec un cri de colère, moitié grognement, moitié sanglot.

« Qu'est-ce que tu veux ?

— Toi ! » sanglota-t-elle.

Il posa la main sur ses yeux.

« Ne me raconte pas d'histoires ! »

Elle pleurait, assise sur les marches. Wesley sortit son paquet de cigarettes et essaya d'en saisir une. Il n'y parvint pas. Il jeta le paquet au loin.

« J'ai envie de toi, gémit-elle.

— Retourne chez tes petits amis friqués ! Ils ont tout. Je n'ai rien. Je suis un marin. »

Edna leva la tête, pleine de colère : « Espèce d'idiot ! »

Wesley s'immobilisa.

« Je ne veux aucun d'eux, je te veux, toi ! J'ai eu des douzaines de demandes en mariage... C'est toi que j'attendais ! »

Wesley était muet.

« Je suis contente que tu sois un marin ! J'en suis fière ! Je ne veux personne d'autre que toi... Tu es mon mari ! »

Wesley fit volte-face : « Je ne te retiens pas... Divorce !

— Je ne veux pas divorcer, je t'aime ! »

Wesley baissa les yeux et vit la bouteille vide à ses pieds. Il la ramassa et la lança de toutes ses forces : elle explosa contre le mur de l'entrepôt de l'autre côté de la rue, avec un bruit d'ampoule électrique. Edna était secouée de sanglots.

« Voilà ce que je pense de tout ce truc ! » hurla Wesley.

Une fenêtre s'entrouvrit au-dessus d'eux, une femme

en robe de chambre se pencha, avec un air énergique. « Qu'est-ce qui se passe en bas ? » cria-t-elle d'une voix perçante.

Wesley se tourna et leva la tête.

« Ferme cette foutue fenêtre avant que je l'explose ! » hurla-t-il en direction de la femme.

Elle poussa un cri et disparut.

« Je vais appeler la police ! menaça une autre voix depuis une fenêtre qui venait de s'ouvrir.

— Appelle-les, vieux schnoque ! Appelle les Marines...

— Oh, Wes, tu vas te faire arrêter ! suppliait Edna. Partons d'ici !

— Je n'en ai rien à foutre de rien, s'écria-t-il, s'adressant à la rue entière.

— Wesley ! S'il te plaît ! Tu vas te faire arrêter... Ils vont appeler la police ! »

Il se tourna brusquement vers elle : « Qu'est-ce que ça peut te faire ? »

Edna le saisit par les épaules et cria, le visage collé contre le sien : « J'en ai quelque chose à faire. »

Wesley essaya de se dégager de l'emprise d'Edna.

« C'est trop tard ! Lâche-moi !

— Non, il n'est pas trop tard. On peut recommencer comme avant... »

Wesley secoua sauvagement la tête, comme s'il essayait d'en chasser toute la confusion.

« Je ne peux pas ! Je ne peux pas ! Je le sais !

— Si, tu peux ! dit Edna d'une voix sifflante.

— Non ! » Il hurlait de nouveau. « Je ne suis plus le même... J'ai changé !

— Je m'en fiche ! »

Wesley secouait encore la tête.

« S'il te plaît, Wes, partons d'ici, criait Edna, sa voix se brisant dans un sanglot voluptueux.

— Je ne peux pas !

— Oh, tu es trop ivre pour savoir ce que tu fais. S'il te plaît, s'il te plaît, viens... »

Le long de la rue, des fenêtres s'ouvraient et des gens se penchaient pour les huer. Quand la voiture de police apparut au coin de la rue, un type cria : « Foutez les clodos en taule ! » et tous ses voisins reprirent ces paroles en chœur au moment où la voiture s'arrêtait dans la ruelle.

Chapitre 6

Lorsque Everhart se réveilla le lendemain, la première chose dont il eut conscience était une chanson étrange, chantée quelque part au-dessus de lui. Puis, il ouvrit les yeux et vit les cloisons métalliques peintes en blanc. Bien sûr ! Le *S.S. Westminster* : il s'était engagé à bord d'un navire. Mais cette chanson, qu'en était-il ?

Everhart sauta de sa couchette, seulement vêtu d'un short, et sortit la tête par le hublot. C'était une journée chaude, avec un soleil voilé dont les rayons faisaient miroiter les eaux sirupeuses d'un port très actif.

Bill regarda au-dessus de lui, mais il ne pouvait rien voir d'autre que la coque ventrue du navire et le dessous d'une chaloupe. Le chanteur étrange poursuivait, peut-être depuis le pont juste au-dessus, et il chantait, Bill en avait l'impression, un chant d'Extrême-Orient – mais certainement pas chinois.

Bill rentra la tête et poussa un grognement : il avait une terrible gueule de bois après la nuit à boire et à débattre avec Meade. Il se tourna vers Eathington qui lisait les bandes dessinées dans le journal du dimanche, allongé sur sa couchette.

« Tu n'as pas la gueule de bois après la nuit dernière ? demanda Bill avec une lueur d'espoir dans le regard.

— Non, pas du tout.

— Qui diable chante à l'étage au-dessus ? Ça me donne la chair de poule...

— Tout en haut, corrigea Eathington.

— Et alors, c'est qui ? »

Eathington plia son journal : « Le troisième cuistot.

— Dis-moi, tu n'as vraiment pas mal à la tête ? Tu étais pourtant avec nous hier soir !

— Non.

— Qui est-ce, ce troisième cuistot ? Coréen ? Birman ?

— C'est un Moro des Philippines. Quand il est en colère, il se met à lancer des couteaux. Un homme de la tribu des Moros[1].

— Il lance des couteaux ? Je ne te crois pas !

— Attends un peu et tu verras. C'est un Moro. Il se balade avec un couteau entre les dents. » Et il se replongea dans ses bandes dessinées.

Bill s'habilla en prenant son temps. Il retourna au hublot et observa les mouettes qui piquaient vers les quais. L'eau, au-dessous des pieux du dock, léchait doucement le bois couvert de lichen. En provenance de quelque part sur le navire, depuis les profondeurs de sa structure caverneuse, il entendait le ronflement étouffé et ralenti d'un énorme moteur.

Il traversa la coursive qui était restée fraîche, avec son odeur âcre de peinture, et il monta jusque sur la dunette.

1. Les Moros sont un groupe ethnique des Philippines. De religion musulmane, ils forment l'ensemble non chrétien le plus important du pays.

Plusieurs marins lisaient tranquillement les quotidiens du dimanche à l'ombre. Le pont était jonché de journaux, de grands rouleaux de chanvre, d'oreillers, de chaises longues abandonnées, de bidons de peinture et de deux ou trois bouteilles d'alcool vides. Il ne connaissait aucun de ces hommes.

Il avança sur le pont en s'émerveillant de la courbe de sa superstructure penchée vers la proue grâce à un assemblage savant et massif de bois. À la proue, il se pencha sur le côté pour regarder, bien plus bas, les eaux huileuses. Directement au-dessous de lui était suspendue une ancre gigantesque, tirée contre le flanc du navire par une énorme chaîne qui passait dans une ouverture bâbord avant. Les marins, se souvint Bill en souriant, avaient l'habitude d'appeler cette énorme masse d'acier « le crochet ».

Il partit vers l'arrière et leva les yeux vers la passerelle et les fentes dans la paroi grise du poste de commandement, d'où le capitaine allait superviser le voyage jusqu'au Groenland – ce serait là que Wesley, en tant que matelot breveté, prendrait son quart à la barre et au compas. Si Everhart avait pu faire ça plutôt que de servir des matelots affamés et laver leurs assiettes sales ! Il prendrait ses fonctions lundi – le lendemain – et il espérait que le travail serait suffisamment plaisant.

Au fait, à propos de Wesley, se dit Everhart, *où diable a-t-il disparu hier soir ? Il doit être dans le poste d'équipage ou bien en train de manger dans la coquerie...*

Bill descendit à la coquerie. Elle était remplie de toutes sortes de gens qu'il ne connaissait pas, des marins qui mangeaient et parlaient bruyamment. Où était Wesley ?

Et Nick Meade ? Pas un seul visage familier dans le tas...

Bill poursuivit son exploration, traversa la coursive étroite qui menait au carré des quartiers-maîtres, où il trouva Nick Meade devant un café, l'air à la fois renfrogné et hagard.

« Meade ! lança Everhart, soulagé.

— Ouais », marmonna Nick, faisant passer cette vague onomatopée pour un salut. Il se leva et alla remplir sa tasse à une énorme cafetière en aluminium.

« Comment tu te sens ? » demanda Bill en souriant.

Nick lui décocha un regard furieux : « Est-ce que j'ai l'air heureux ?

— Je suis plutôt mal fichu moi aussi... C'est dur d'avoir la gueule de bois avec une chaleur pareille ! » Bill rit et s'assit à côté de Nick. « Sacrée nuit, non ? »

Nick ne dit pas un mot. Il buvait son café, l'air maussade.

« Tu as vu Wesley ? »

Nick secoua la tête.

« Je me demande où il peut bien être. Est-ce que tu l'as vu partir hier soir ? »

Nick secoua de nouveau la tête. Il finit sa tasse de café et se leva.

« Où est-ce que tu vas ?

— Me coucher », marmonna Nick. Et il disparut.

Bill sourit et se leva pour aller se servir une tasse de café qu'il prit sur l'égouttoir. Bon ! Il allait devoir faire la preuve qu'il était un fervent communiste avant de pouvoir espérer remonter dans l'estime de M. Nick Meade... qui semblait éprouver une certaine répugnance à l'égard de M. Everhart. C'était quoi son problème à ce type, pour l'amour de Dieu ? Lorsqu'ils étaient revenus au navire à l'aube, après être restés très tard à boire dans la chambre de M. Martin au-dessus de la taverne, Nick n'avait pas dit un mot. Ils avaient passé les différents quais, où les flammes d'un matin rouge, incandescent, jouaient sur les mâts des bateaux de pêche et dansaient dans les vaguelettes bleues sous les docks incrustés de bernacles, et ni l'un ni l'autre n'avait prononcé un mot. Ils s'étaient séparés à la passerelle, où Bill avait réussi à articuler un « salut » à Nick, mais celui-ci s'était éclipsé rapidement, déjà à moitié endormi et d'assez mauvaise humeur. C'était peut-être son comportement habituel après avoir bu et peut-être estimait-il aussi qu'Everhart n'était pas suffisamment de gauche. Si c'était la position de cet idiot, il pouvait aller se faire voir ailleurs ! Bill en arrivait toutefois à des conclusions qui le rendaient nerveux...

Tout le truc avait été assez plaisant jusqu'à présent, mais l'idée commençait à lui déplaire. Le navire était rempli de visages étranges, antipathiques – et toujours pas de Wesley en vue. Où pouvait-il bien être ? Si Wesley était parti quelque part, ivre, et ne devait pas revenir sur le navire... nom de Dieu, si c'était le cas, il n'allait pas faire cette traversée sur le *Westminster*. Il se débrouillerait pour rentrer à New York d'une façon ou d'une autre, et il reprendrait son travail... C'était de la pure folie !

Everhart abandonna son café sans en avoir bu une gorgée et il repartit.

« Où est le poste d'équipage de Martin ? demanda-t-il à un marin dans la coursive.

— Martin ? Qu'est-ce qu'il est ?

— Matelot breveté.

— Matelot breveté ? Leur poste est à l'avant.

— Merci. »

Dans le poste d'équipage, un grand type aux cheveux bouclés était affalé sur sa couchette en train de fumer une cigarette. Il ne connaissait pas Wesley.

« Ce navire part quand ? » demanda Bill.

Le marin le regarda d'un œil étrange : « Pas avant quelques jours... Peut-être mercredi. »

Everhart le remercia et ressortit. Il se rendit compte qu'il était perdu et seul comme un enfant...

Il retourna à son poste d'équipage et se jeta sur sa couchette, en proie aux tourments de l'indécision. Quel genre d'homme était-il ? Était-il incapable d'affronter la réalité ou bien ne pouvait-il que la discuter, comme un professeur ?

La réalité... un mot dans les livres de critique littéraire. Qu'est-ce qui n'allait pas chez lui ?

Il se réveilla, il avait un peu dormi. Non ! Il faisait nuit dans le hublot, la lumière du poste d'équipage était allumée... Il avait dormi des heures, plusieurs heures. Il sentait, au creux de l'estomac, un vide profond, ce qui aurait été d'ordinaire la faim, mais qui ne ressemblait à l'instant à rien d'autre que de la tension. Oui, il avait dormi et il avait rêvé : son père, apparemment, était le capitaine du *Westminster*. Ridicule ! Les rêves, d'une terreur grisâtre, étaient tellement irrationnels... et pourtant tellement envoûtants et beaux. Il aurait aimé être chez lui, parler à son père, lui raconter son rêve.

Une vague puissante, de solitude et d'abandon, le

submergea. De quoi s'agissait-il ? D'une perte, d'une perte importante… Bien entendu, Wesley n'était pas revenu à bord, Wesley avait disparu, laissant Bill seul dans le monde où il l'avait entraîné. Quel idiot ! N'éprouvait-il aucun sentiment, ne se rendait-il pas compte… Oh, Everhart, de quoi ne se rendait-il pas compte ?

« Quel enfant ridicule je fais, pas plus de sensibilité ou de détermination que Sonny…

— Est-ce que tu parles encore tout seul ? » demanda Eathington, sur un ton légèrement sarcastique.

Bill bondit de sa couchette. « Oui, en effet. C'est une habitude.

— Ah oui ? interrogea Eathington. Il parle tout seul, c'est un fou ! » Quelqu'un rit tout doucement.

Bill se tourna et découvrit le nouveau venu, allongé sur la couchette du bas au-dessous d'Eathington. Il était grand et mince, les cheveux blonds.

« Ne me contrarie pas, Eathington, dit sur un ton impatient Bill, penché sur le lavabo.

— Ne me contrarie pas ! imita Eathington avec un sourire espiègle. Tu vois… Je t'avais bien dit qu'il était professeur ! »

Bill eut envie de jeter quelque chose sur le gamin, mais il se convainquit que c'était dit dans un bon esprit. Le nouveau ricana nerveusement… Il essayait, de toute évidence, de rentrer dans les bonnes grâces des deux hommes. Eathington, se dit Bill, était le genre à avoir besoin d'un complice pour exprimer pleinement sa nature sarcastique.

« Quelqu'un a-t-il une cigarette ? demanda Bill en découvrant qu'il n'en avait plus une seule dans son paquet.

— Déjà en train de taper ! s'écria Eathington. Je sens que je vais devoir quitter ce poste d'équipage... »

Le blond se leva de sa couchette. « Tiens, dit-il d'une voix polie, posée. J'en ai. »

Bill fut sidéré. Ce type était, en vérité, un très bel homme... Ses cheveux blonds formaient une tignasse bouclée, il avait le front pâle et haut, les lèvres pleines et écarlates, et ses yeux, l'élément le plus frappant de son apparence, étaient d'un bleu nacré avec cette limpidité – il avait les yeux grands, les cils longs – qui sidère les sens même chez l'observateur le moins attentif. Il était grand, mince, mais en même temps il avait ce corps bien charpenté, la poitrine large, les épaules carrées... Sa minceur était plus visible à partir de l'estomac. Bill se surprit à le fixer de manière assez ridicule.

« Tu en prends une ? » dit le type en souriant. Il avait des dents d'un blanc étincelant, chose que Bill avait anticipée inconsciemment.

« Merci.

— Je m'appelle Danny Palmer, et toi ?

— Bill Everhart. »

Ils se serrèrent la main chaleureusement. Eathington, calé sur son coude, les observait, stupéfait. De toute évidence, il avait tiré le gros lot avec deux professeurs pour le prix d'un. Il avait décidé de ne rien dire pour le moment afin de s'assurer que ses convictions allaient se cristalliser.

Le jeune blond s'assit sur un tabouret. Il portait un bleu de chauffe et une chemise en soie. Il avait au poignet une belle montre en or et, à la main gauche, un anneau qui avait l'air d'avoir coûté pas mal d'argent.

« C'est mon premier voyage, confessa Palmer sur un ton allègre.

— Pour moi aussi, dit Bill en souriant. Quel genre de boulot tu vas faire ?

— Aide-cuisinier.

— Tu crois que ça va te plaire ?

— Euh, je m'en fiche. Pour le moment, je serais satisfait de faire n'importe quel boulot.

— C'est une bague d'université que tu portes ? demanda Bill.

— Non... d'Andover[1]... J'étais en première année à Yale, le trimestre dernier.

— Je vois. Et tu t'es engagé dans la marine marchande pour la durée de la guerre ?

— Oui. Mes parents n'apprécient pas trop, ils auraient préféré que je reste dans l'armée de réserve comme élève-officier, mais moi ça me va mieux. Je ne voudrais pour rien au monde être officier. »

Bill dressa un sourcil sous l'effet de la surprise.

« Et toi, que faisais-tu ? demanda poliment Palmer.

— Moi, j'étais à Columbia, répondit Bill en grimaçant au son de sa réponse prétentieuse. J'y enseigne aussi.

— Ah oui ?

— Oui... La littérature anglaise et américaine.

— Oh ! dit Palmer avec un petit rire. Ma bête noire. J'espère que tu ne vas pas me poser de questions sur Shakespeare ! »

Ils rirent. Eathington s'était tourné pour dormir,

1. La Phillips Academy à Andover est une école privée prestigieuse qui prépare aux meilleures universités des États-Unis (les huit de l'Ivy League).

ayant certainement obtenu la confirmation de ses convictions.

« Bon, j'espère que nous allons aimer le voyage, l'excitation et tout le truc...

— J'en suis sûr. C'était l'idée... partir en mer. Je suis allé jusqu'à Palm Beach sur un yacht avec des amis et j'avais mon *punt*[1] dans le Michigan – je suis de Grosse Pointe –, mais je n'ai jamais vraiment navigué très loin.

— Moi non plus... J'espère ne pas avoir le mal de mer !

— Oh, il suffit de ne pas y penser. Il suffit de le décider, je suppose, et on n'est pas du tout malade.

— Sûrement... Ça paraît raisonnable.

— Tu es d'où ?

— New York.

— Vraiment ? J'y vais très souvent... Nous avons une maison près de Flushing. Étrange, n'est-ce pas ? Nous nous rencontrons ici et nous nous sommes probablement croisés dans les rues de New York !

— C'est vrai. »

Ils bavardèrent quelque temps, jusqu'au moment où Bill se souvint qu'il devait aller voir si Wesley était revenu.

« Euh, il faut que j'aille retrouver mon ami. Tu restes ici ?

— Oui, je crois que je vais dormir un peu. J'ai fait une fête pas possible à Harvard Square, hier soir, avec des amis.

— Harvard, hein ? Moins débauchée que Columbia, je parie...

— Je n'en doute pas.

1. Embarcation anglaise plate et allongée que l'on déplace traditionnellement à l'aide d'une perche.

— Aucun doute là-dessus ! À plus tard, Palmer. Content d'avoir fait ta connaissance...

— Moi aussi... Bonne nuit. »

Ils se serrèrent la main.

Bill gagna la dunette. Il était tout sourire. Il avait au moins un ami à qui il allait pouvoir parler, un jeune type poli, cultivé, sorti de Yale, même s'il avait un peu l'air d'un dandy. C'était assurément un beau gosse.

Bill trébucha sur une forme étendue en travers du pont. C'était un marin qui avait décidé de dormir dehors.

« Désolé », murmura-t-il, penaud. La réponse fut un grognement de protestation endormi.

Il continua. Des voix en provenance du réfectoire au-dessous. Bill descendit et trouva plusieurs marins qui jouaient aux dés. L'un d'eux, un rouleau de billets dans une main et les dés dans l'autre, portait une barbe énorme. Les autres buvaient du café.

Bill entra dans la coquerie où des marins discutaient, mais aucun visage ne lui était familier. D'un des chaudrons s'échappait le fumet riche d'un ragoût. Bill y jeta un coup d'œil et se rendit compte qu'il n'avait pas mangé de toute la journée. Personne ne semblait lui accorder la moindre attention, il prit donc un bol sur l'égouttoir près de l'évier et se servit une louche débordante du ragoût de bœuf. Il l'avala rapidement dans le réfectoire, tout en suivant les progrès des parties de dés. Des sommes d'argent considérables changeaient de main, mais personne ne semblait y accorder beaucoup d'importance.

Bill posa son bol vide dans l'évier et traversa la coquerie. Le gros cuisinier, Glory, s'approcha de lui, fumant sa pipe en rafle de maïs.

« Hello, Glory !

— Hello, fiston ! Tu vas nous faire un petit discours ?

— Pas ce soir. »

Le visage de Glory se fendit d'un grand sourire éclatant.

« Pas ce soir, il dit ! » Le tonnerre dans la voix de Glory retentit. « Pas de discours ! » Le gros cuisinier posa la main sur l'épaule de Bill avant de poursuivre son chemin.

« Pas de discours ce soir ! » Bill entendait encore la basse profonde de son ricanement revenir vers lui dans le couloir.

Une personnalité remarquable, se dit Bill, ravi et surpris. *Et quel nom remarquable aussi : Glory ! La gloire qu'est Glory, en effet.*

Dans le carré des quartiers-maîtres, où il avait trouvé Nick Meade plus tôt dans la journée, trois inconnus, stoïques, faisaient une partie de poker. Aucun d'eux n'avait vu Wesley.

« Euh, vous pourriez me dire où se trouve le poste d'équipage de Nick Meade ?

— Meade ? répéta l'un des types, en levant les yeux de sa partie de cartes silencieuse. Le graisseur avec la moustache de prince héritier ?

— Tout juste. » Bill souriait nerveusement.

« Il a une cabine sur le pont suivant, numéro seize. »

Bill le remercia et repartit.

Il se dirigea vers l'avant et le poste d'équipage de Wesley. Il était peut-être revenu à bord et allé se coucher sans croiser personne. Mais personne ne l'avait vu. Un des matelots, un garçon qui aurait pu avoir seize ans, raconta à Bill qu'il avait déjà navigué avec Wesley.

« Ne te fais pas de souci pour lui, dit-il en souriant. Il est probablement au milieu d'une longue cuite... Il boit comme un trou.

— Je sais, dit Bill en riant.

— C'est sa couchette, ajouta le garçon, en désignant celle qui était vide dans le coin. Il a une brosse à dents toute neuve sous son oreiller. S'il ne revient pas, je vais la prendre. »

Ils éclatèrent d'un rire joyeux tous les deux.

« Bon, dans ce cas, j'espère qu'il va revenir. Il a acheté cette brosse à dents hier dans Scollay Square.

— Parfait. Elle doit être de bonne qualité. »

Bill monta sur le pont suivant. Il était sombre et silencieux. Dans le port, une barge émit un coup de corne de brume, bref avertissement qui brisa la tranquillité du dimanche soir. Un écho se répercuta. Bill sentait les moteurs du *Westminster* tourner au ralenti au-dessous, un cœur accumulant de la puissance pour une longue épreuve, vrombissant profondément au rythme lent d'une puissance extraordinaire.

Il trouva la cabine seize à la lumière d'une allumette et frappa doucement à la porte.

« Entrez ! » invita une voix étouffée.

Nick Meade lisait, allongé sur sa couchette. Il était seul dans la petite cabine.

« Oh, hello, dit-il, surpris.

— Tu lis ?

— Oui. Le *Staline* d'Emil Ludwig[1]... En français. »

1. Emil Cohn dit Emil Ludwig (1881-1948), écrivain allemand connu pour ses biographies. Son livre d'entretiens avec Joseph Staline avait été publié, en français, en 1938.

Bill s'assit sur la chaise pliante près du lavabo. C'était une jolie petite cabine, bien plus confortable que les postes d'équipage aux cloisons métalliques du pont inférieur, avec deux matelas rembourrés, une armoire de toilette équipée de miroirs au-dessus du lavabo et des rideaux devant les hublots.

« Pas mal ici. »

Nick avait repris sa lecture. Il hocha la tête.

« Tu n'as pas vu Wesley ? »

Nick leva les yeux. « Non. Je ne sais pas où il est.

— J'espère qu'il n'a pas complètement oublié le *Westminster*.

— Il en est capable. »

Bill prit une cigarette dans le paquet qui se trouvait sur la couchette de Nick et l'alluma en silence. Il faisait chaud dans la cabine. Il se servit un verre d'eau et se rassit.

« Tu sais quand nous partons ?

— Dans quelques jours.

— Au Groenland ? »

Nick haussa les épaules. Bill se leva, nerveux, et tourna en rond dans la cabine, la cigarette à la main. Puis, il fit volte-face et jeta un regard furieux à Nick, qui continuait à lire tranquillement. Bill sortit de la cabine sans dire un mot et se retrouva sur le pont dans l'obscurité totale. Il se pencha sur le bastingage et promena un œil triste au-dessous de lui. L'eau claquait doucement contre la ligne de flottaison et il montait dans l'obscurité une odeur de décomposition, de bois couvert de mousse.

Ce sacré imbécile de Meade ! Et en même temps qui était le plus imbécile d'eux deux ? Everhart, bien sûr... Il devrait retourner dans cette cabine et lui dire ce qu'il avait sur le cœur. Cela provoquerait une dispute, et Dieu sait que les disputes et les dissensions étaient déplaisantes, mais rien de tel qu'une confrontation pour crever l'abcès ! Cet idiot faisait tout ce qu'il pouvait pour être désagréable...

Avant même de pouvoir réfléchir, Bill se retrouva dans la cabine de Nick.

Celui-ci leva les yeux, l'air vaguement surpris. « Qu'est-ce que tu as fait, tu es allé cracher par-dessus bord ? »

Bill s'aperçut qu'il était en proie à un spasme nerveux et que ses genoux se dérobaient sous lui. Il se rassit sans dire un mot.

Nick reprit sa lecture comme si de rien n'était, comme si la présence de Bill était aussi normale et ordinaire que le nez au milieu de la figure. Bill trépidait sur sa chaise. Il leva une main tremblotante pour ajuster ses lunettes.

« J'ai rencontré un garçon de Yale à bord. Un type d'une beauté étonnante.

— Vraiment ?

— Oui. »

Il y eut un long silence. On entendait la pulsation des moteurs dans les profondeurs du navire.

« Écoute, Meade ! » Bill s'entendit crier. Nick sursauta et posa son livre.

« Quoi ?

— Tu me fais grief de mes théories... Personnellement, je m'en fiche... Mais ça fait de toi un idiot ! »

Les yeux bleus de Nick s'écarquillèrent sous l'effet de l'animosité. Il était stupéfait.

« Tu es une personne trop sérieuse pour agir comme un enfant...

— OK ! J'ai compris !

— Bon, tu l'admets ? Est-ce que tu l'admets ? Sinon, tu es un idiot de première ! »

Le regard impassible de Nick, d'un bleu glacial, était fixé sur Bill.

« Depuis hier soir, tu joues le noble martyr furieux. » Bill poursuivait, en proie à un tremblement fébrile, ses mains s'agitant follement. « Je veux que tu saches que je suis tout aussi antifasciste que toi, même si je n'ai pas eu l'occasion d'en descendre en Espagne ! »

Le visage de Nick s'empourpra, mais son regard garda sa fixité et son intensité glaciales, sous l'effet de la colère et de la peur... La voix chevrotante de Bill avait une tonalité maniaque.

« Et alors ?

— Tu m'étonnes », souffla Nick d'une voix pleine de soupçon et de mépris.

Bill se leva d'un bond et marcha d'un pas raide en direction de la porte.

« Oh ! Tu es un antifasciste privilégié, toi ! Tu es le seul au monde ! »

Nick le dévisageait.

« *Tu m'étonnes* ! Tu n'es vraiment pas digne d'appartenir au mouvement... Tu es un sacré imbécile ! » Bill ouvrit la porte brusquement, plongea dans le noir, et la claqua violemment derrière lui.

Il tituba sur le pont, étouffant de rage et d'humiliation. En dépit de tout, il éprouvait un étrange contentement, le sang battant dans ses tempes et empoisonnant tout son être en tumulte d'une rancœur satisfaite.

Une voix appelait son nom. Bill s'arrêta et se retourna... C'était Nick.

« Espèce d'idiot, reviens. »

Bill, sans bouger, serrait les poings de façon spasmodique.

« Allez, Everhart ! » Nick riait. « Tu es un réactionnaire frénétique, vraiment !

— Je ne suis pas un réactionnaire ! »

Nick riait aux éclats à présent. Bill se détourna et s'éloigna d'un pas hésitant, en marmonnant.

« Où est-ce que tu vas ? cria Nick, qui riait toujours. Tu sais bien que je plaisantais ! »

Bill était pratiquement arrivé à la poupe du navire.

« À demain ! » cria Nick, encore secoué par le rire.

Bill descendit par l'écoutille et rejoignit son poste d'équipage, trébuchant sur un tabouret juste en entrant.

Palmer fumait une cigarette, allongé sur sa couchette.

« Ne va pas te tuer ! » dit-il avec un petit rire.

Bill grommela quelque chose et sauta sur sa couchette. Cinq minutes plus tard, il dormait, d'un sommeil profond, épuisé, repu...

Il rêva pendant toute la nuit de tragi-comédies complètement chaotiques : Danny Palmer, en robe, l'invitait à partager sa couchette ; Nick Meade se balançait au mât du navire, pendu par un équipage enragé de profascistes ; et, pire cauchemar de tous, il assistait aux funérailles de Wesley à la poupe du navire – son corps drapé dans un couvre-lit tacheté était glissé par-dessus bord et Everhart regardait le corps couler avec une fascination horrifiée ; il semblait aussi que le *Westminster* passait à toute vapeur devant une île minuscule sur laquelle était assis George Day, l'air content et paisible, mais au moment où Everhart faisait signe et criait en direction de son ami, le navire se détournait de l'île à une vitesse formidable. Une voix réveilla Bill. Il était trempé d'une sueur froide.

« Hé, mon pote, c'est toi, Everhart ? »

Bill se redressa rapidement : « Oui ! »

« Lundi matin ! Tu es de service au carré. Habille-toi et rejoins-moi dans la coquerie. Je vais te donner tes instructions. »

Bill chercha ses lunettes. « D'accord. »

Le type repartit, mais Bill eut le temps de l'apercevoir. Il portait un uniforme bleu de steward. Bill descendit de sa couchette, fit un brin de toilette, tout en regardant par le hublot. Il était très tôt, une brume froide s'effilochait au-dessus du miroir de l'eau bleue parfaitement lisse. Des mouettes criaient et tournaient dans l'air marin du matin, cherchant nerveusement leur petit déjeuner, plongeant, glissant sur la surface de l'eau, donnant des coups de bec rapides, la tête émergeant au milieu d'un battement d'ailes, leur proie argentée pendue au bec. La tête dans le hublot, Bill huma profondément, trois fois de suite, l'atmosphère au parfum si excitant. Un soleil rouge commençait son ascension au-dessus du port.

Bill remit ses vêtements de la veille et, de très bonne humeur, il partit en direction de la coquerie. C'était un matin magnifique… et le tintamarre de toutes sortes d'activités semblait retentir sur tout le *Westminster*, du bourdonnement au bruit de ferraille. Sur le pont, des matelots encore endormis étaient occupés à enrouler des cordages sous la supervision d'un gigantesque second à lunettes. Autour des amarres, sur le quai, près de la passerelle, des dockers criaient, faisaient rouler des barils d'essence, chargeaient à la grue des Jeep, des caisses et des boîtes de toutes sortes. Bill regarda autour de lui à la recherche de visages familiers, mais n'en trouva aucun. Il descendit.

La coquerie était en pleine effervescence pour le petit déjeuner : toutes sortes de cuisiniers et de commis que Bill n'avait pas vus sur le bateau auparavant, vêtus de grands tabliers blancs, coiffés de toques fantastiques, cognaient les casseroles, criaient pour s'interpeller, faisaient frire le bacon et les œufs sur la plaque du fourneau, rugissaient de rire dans la confusion créée par la vapeur, la fumée de cuisson, le claquement des assiettes, le fracas des poêles, le grondement sourd des moteurs au-dessous ; ils fonçaient dans toutes les directions avec cette précipitation frénétique qu'on ne voit que dans les cuisines. Bill se demanda d'où ils avaient bien pu tous sortir.

Au milieu de ce bruit, la voix fantastique de Glory tonnait au-dessus de tout le reste, alors qu'il se déplaçait calmement dans sa cuisine, avec plus de dignité et de discernement que les autres, inspectant le bacon en train de frire, soulevant le couvercle des casseroles et examinant avec un air pensif leur contenu, claquant les portes de fours laissées ouvertes. Sa voix de basse tonnante chantait inlassablement : « Tout le monde veut aller au ciel, mais personne ne veut mourir ! » Il répétait ce chant comme s'il avait été la litanie du jour nouveau.

Bill regarda tout autour de lui et finit par trouver le steward qui l'avait réveillé. Il était debout dans un coin et observait le spectacle fou de la cuisine d'un œil sévère et approbateur. Derrière lui, un rayon du soleil encore jeune passait à travers un hublot. Bill alla se présenter : « Me voici, dit-il en souriant.

— Garçon de carré ? Tu as neuf matelots brevetés à

servir. Tu vas chercher leurs commandes à la coquerie de ce côté. » Le steward fit signe à Bill de le suivre et l'entraîna dans la coursive jusqu'à une petite pièce à tribord. Une table, couverte d'une nappe à carreaux, trônait au centre. Dans un coin, il y avait une vieille glacière un peu cabossée.

« Tu les sers ici, trois repas par jour. Tu vas chercher les plats à la cuisine. Tout ton sucre, ton beurre, ton vinaigre, ton ketchup, etc., est dans la glacière. Maintiens-la bien réfrigérée. La glace se trouve dans la chambre froide près de la cuisine. Prends tes tabliers chez le responsable du linge, à l'avant, à bâbord. »

Le steward alluma une cigarette.

« Entendu. Je crois que je vais aimer ce boulot. »

Cela fit sourire le steward qui s'éclipsa. Bill resta un moment sans bouger, indécis.

« Bon, professeur Everhart, dressez la foutue table du petit déjeuner ! » murmura-t-il pour lui-même d'une voix joyeuse. Il se mit au travail avec un empressement ravi. Le steward pouvait bien sourire, il ne savait pas grand-chose sur le petit « garçon de carré », nom de Dieu !

Bill avait tout préparé quand le premier matelot breveté arriva, en bâillant bruyamment et en se frottant les côtes, avec cet air un peu abattu qui précède le petit déjeuner.

« Qu'est-ce que ce sera ? demanda Bill en souriant.

— Des œufs au bacon, du café et du jus d'orange. »

Lorsque Bill revint avec la commande, le matelot s'était rendormi sur le banc.

Après le petit déjeuner – tout s'était passé en douceur –, Bill commença à débarrasser la table et se sentit vraiment en paix avec le monde et tout particulièrement avec son nouveau travail. Qui lui rapporterait environ deux cents dollars par mois, nourri et logé, et il avait seulement à servir trois repas par jour ! Les matelots brevetés s'étaient révélés être des types bien, parfaitement calmes. La seule chose qui tracassait Bill était le fait que Wesley n'était pas parmi eux alors qu'ils partageaient son poste d'équipage. De toute évidence, il n'était pas revenu à bord – et peut-être ne reviendrait-il pas ? Même s'il aimait son travail, Bill avait froncé les sourcils à l'idée de faire la traversée seul – c'est-à-dire sans Wesley –, car il se sentait un peu perdu au milieu de tant de visages inconnus, inamicaux. Ces marins, songeait-il, avaient l'air de s'accepter les uns les autres au premier coup d'œil, sans fanfare, sans commentaire. Tout cela était tellement différent du sens aigu de la distinction et du goût qui caractérisait la vie sociale au sein des cercles universitaires. Peut-être que le vieil adage « Nous sommes tous dans le même bateau » allait parfaitement de soi dans la marine marchande et que les marins s'acceptaient les uns les autres avec une résignation toute philosophique. Et, naturellement, comme le slogan dont il avait entendu parler – une pancarte célèbre au-dessus de la porte du Boston Seamen's Club, qui disait très simplement : *Tous ceux qui passent sous l'arche de cette porte entrent dans la Fraternité de l'Océan* –, ces hommes considéraient l'océan comme un grand niveleur, une force unifiée, un camarade en chef ruminant sur leurs loyautés respectives.

Au moment où Bill rangeait le beurre dans la glacière, Nick Meade passa la tête dans l'encadrement de la porte.

« Bonjour, vieux tory ! »

Bill tourna sur lui-même et le dévisagea. Puis, il sourit : « Est-ce que c'est une façon de parler à un travailleur ?

— Un travailleur ! Tu peux appartenir à la classe ouvrière, même si tu n'appartiens pas au mouvement ! »

Bill finit de ranger le beurre pour montrer quel était son rang.

« Tu étais un tory plutôt échauffé hier soir ! » dit Nick en riant. Il portait ses vêtements de salle des machines : bleu de chauffe, sandales blanches et un sweat-shirt couvert de taches d'huile.

Bill haussa les épaules : « Peut-être... Tu l'avais bien cherché. »

Nick lissa sa moustache.

« Par Lénine ! Tu étais déchirant ! Je te promets de ne rien dire au Comité central pour cette fois.

— Merci. »

Nick repartit aussi simplement qu'il était arrivé, en trottinant sur la coursive et en sifflant quelque chose qui ressemblait beaucoup à *La Marseillaise*.

Bon, se dit Bill, Nick se révélait être un type raisonnable après tout. Mais il lui avait fallu puiser dans ses propres ressources nerveuses pour l'y amener. Peut-être qu'il avait été ridicule hier soir, il avait réussi néanmoins à ramener Nick à la raison. Le fait que celui-ci avait probablement quelques doutes sur sa santé mentale à présent avait moins d'importance que ce qui avait été accompli. Un triste fiasco ! Mais avec des résultats. Cela apprendrait à Nick à ne plus être un marxiste puritain. Cela apprendrait aussi à Everhart à se mêler de ses affaires et à ne plus jouer au moraliste blessé, à l'idiot... Mais il n'avait pas honte d'avoir explosé de cette façon indignée.

Il se sentait même plus fort. Il avait agi conformément à ses convictions sur le comportement humain. Il en apprenait vraiment plus ici qu'il n'en avait jamais appris dans aucun cours.

Quand il eut terminé son service, Bill remonta sur le pont supérieur pour assister au chargement de la cargaison. Il marchait d'un pas leste. Danny Palmer était accoudé au bastingage en compagnie d'un autre marin.

« Bonjour, Palmer », lança Bill.

Danny tourna ses grands yeux bleus vers lui. « Hello. » Sa chevelure étincela comme de l'or martelé au soleil. « Ton travail te plaît ?

— Beaucoup », répondit gaiement Bill.

Ils se penchèrent et observèrent les opérations qui se déroulaient au-dessous d'eux.

« Des Jeep, commenta Bill. Je suppose que nous allons ravitailler une base.

— C'est exact, dit l'autre marin, un Italien, petit et bien bâti. Et nous ramenons des soldats malades et des ouvriers de la base. Tu vois ce bois de construction. C'est pour des baraquements supplémentaires. Nous apportons de l'essence, du bois, de la nourriture, de la dynamite, des Jeep...

— De la dynamite ! s'écria Danny.

— Bien sûr ! Nous touchons un bonus pour ça.

— Plus on gagne d'argent, mieux c'est ! lança Bill.

— Tu sais quoi ? dit le marin. J'ai entendu dire qu'on partait demain et non pas après-demain.

— Parfait, enchaîna Danny, ravi. Qui sait, peut-être que nous allons en Russie ! Personne ne sait vraiment. Ce ravitaillement, c'est peut-être pour l'Union soviétique.

— Russie, Islande, Inde, Amérique du Sud, Perse, Texas, Groenland, Alaska, Australie, énuméra le marin d'une voix monotone. Pareil partout : du danger de tous les côtés. J'ai un pote qui est allé en Russie et qui en est revenu pour s'embarquer ensuite au Texas... Et bang ! Une torpille au large des côtes de Virginie.

— C'est comme ça, dit Bill en repartant. À plus tard, les gars. »

Tout le long du pont, alors que Bill se dirigeait vers le poste d'équipage de Wesley, se déployait le spectacle de toutes sortes d'activités. Des dockers mettaient la dernière main à la préparation du *Westminster* avant l'appareillage, peignant une nouvelle couche de gris camouflage, repassant des câbles et testant des circuits électriques, bricolant ici et là la plomberie, réparant des pièces complexes du navire à la hâte, ce qui laissait supposer un départ anticipé, se dit Everhart. Peut-être que c'était vrai pour demain matin – et si Wesley n'était toujours pas revenu à ce moment-là ?

Au moment où Bill s'apprêtait à descendre par l'écoutille avant qui menait au poste d'équipage des hommes de pont, il aperçut le commandant du *Westminster* devant la passerelle, bavardant avec les officiers. C'était un petit homme plutôt rond, nettement moins grand que n'importe lequel de ses hommes, mais la façon dont ceux-ci tendaient le cou pour écouter respectueusement ses instructions révélait l'autorité qu'il avait sur eux. De sa position en contrebas, Bill pouvait voir son regard dur, et comme les capitaines de navire dans les romans, ce petit homme aux manches couvertes de galons avait des yeux de la couleur de l'océan, ce bleu pâle brumeux avec une trace de vert, et la vague promesse d'un gris de tempête. Un homme au milieu des hommes ! pensa Bill. Un homme doué d'une sagesse à lui et d'une connaissance de la mer qui dépassait tout savoir acquis dans les livres, qui dressait la carte des voies maritimes et détectait les tempêtes, les récifs et les écueils dans un monde d'océans hostiles… Ce serait un heureux privilège de parler à cet homme – peut-être qu'il était le genre de commandant qui aimait parler à son équipage et, si c'était le cas, Bill était déterminé à trouver l'occasion de faire sa connaissance. Était-ce le monde dont il pensait avoir une certaine connaissance ? Lui était-il jamais venu à l'esprit de s'interroger sur le sens éminent et noble d'une position aussi simple que celle de capitaine au long cours ?

Pensif, Bill entra dans le poste d'équipage des hommes de pont. La couchette de Wesley était toujours vide. Il fit marche arrière en se demandant ce qu'il allait faire maintenant. Dans son propre poste d'équipage, il fixa d'un regard vide sa valise, avant de décider de la faire. Wesley était parti pour de bon : dans ces conditions, nom de Dieu, il n'allait pas faire le voyage seul. Tout ce truc avait été une farce depuis le début, la réalisation d'un grand désir sans nom de déployer ses ailes et de s'envoler pour vivre. Mais la vie était la vie, quel que soit l'endroit où on la passait. Il rangea ses vêtements dans la valise, qu'il ferma. Tout ce qu'il avait à faire, c'était rendre sa feuille de route au bureau du syndicat et retourner à New York coûte que coûte. Il aurait dû prendre en considération dès le départ l'irresponsabilité et l'absence de détermination profondes de Wesley. Ce type était un être inconséquent pour qui la vie n'était rien de plus qu'une scène de théâtre où se livrer à la débauche et à la promiscuité sexuelle. Il avait fait monter Bill à bord de ce navire et puis il avait disparu comme si vivre ne méritait aucune considération sérieuse, aucune attention particulière. Que pouvait bien attendre Bill de Wesley ? Il avait donné une preuve assez convaincante de qui il était avec la façon désinvolte dont il avait rejeté Polly à New York, le jour où ils étaient partis pour Boston. Polly était peut-être encore en train d'attendre son coup de téléphone ! Eh bien, Bill Everhart n'allait pas attendre en vain qui que ce soit... Cela n'avait jamais été son genre et ne le serait jamais.

Bill remonta sur le pont, à la poupe, sa valise à la main et, pendant un moment, il observa les marins en train d'enrouler les cordages conformément à une procédure assez alambiquée. C'était leur moyen d'expression, les navires et la mer... Il n'y avait pas de place à bord pour un universitaire. C'était celle de Wesley et pas la sienne – sa place était dans une salle de conférence, là où les gens faisaient une étude sérieuse de la vie et cherchaient à la comprendre plutôt qu'à l'accepter avec de stupides arrière-pensées, à supposer qu'elles aient existé.

Il y avait derrière lui une échelle conduisant au pont-promenade. Bill posa sa valise et grimpa. Il se retrouva devant un grand canon dont le long fût était pointé vers le port. Plusieurs soldats s'occupaient de le graisser en différents points. D'autres étaient assis sur des chaises pliantes autour de la tourelle, à lire les journaux ou à bavarder.

Sans dire un mot, Bill examina le canon. Jamais, au cours de sa vie, il ne s'était trouvé aussi près d'une machine aussi destructive. C'était un canon de 105 et son fût assez gracieux était à cet instant précis pointé, ironiquement, vers un destroyer au milieu du port, dont les propres canons étaient pointés sur le *Westminster*. Bill n'avait pas remarqué ce destroyer auparavant – peut-être qu'il venait seulement d'arriver, parce que ses cheminées fumaient encore abondamment. C'était peut-être aussi le navire qui allait les escorter et qui attendait patiemment l'ordre d'appareiller. Bill parvenait à discerner des petites silhouettes blanches qui s'agitaient dans une grande confusion sur la coque grise du destroyer, un formidable navire de guerre manœuvré par d'ingénieux soldats de plomb, ses puissants canons pointés dans toutes les directions, ses pavillons brillant sous le soleil.

Mon Dieu ! se dit-il. *Les flottes de Xerxès ont-elles jamais été aussi guerrières que ce mammouth super destructeur, ce combattant des mers, longiligne, élancé, fier de toute sa fanfare de mort ?*

Il grimpa une autre échelle et se retrouva tout en haut. S'il était sur le point de quitter le navire, autant le voir en entier ! Il baissa les yeux vers le gros canon du *Westminster* et suivit la direction indiquée par son fût élégant : le destroyer au loin. Il essaya d'imaginer la fumée et le tonnerre d'une bataille navale, l'impact des obus, les grands navires à l'agonie donnant de la bande...

Le soleil chauffait déjà le pont supérieur quand Bill se dirigea vers l'arrière. Il avait les yeux fixés sur la cheminée du *Westminster* et il trébucha sur un câble d'acier, courant de la poulie d'une bôme jusqu'à un canot de sauvetage. Bill s'approcha et inspecta l'intérieur du canot : il y avait des cantines, des boîtes, des trousses de secours, des sacs en toile, des gilets usés jusqu'à la trame et plusieurs longues rames. En cas de torpillage, aurait-il, lui, Everhart, à passer des journées, des semaines peut-être, à dériver dans une de ces embarcations ? Il lui vint à l'esprit qu'il n'avait pas pris en considération le danger extrême de toute cette aventure ; peut-être qu'il faisait bien de partir après tout... Il n'y avait aucune grandeur à se précipiter vers la mort.

Bill retourna chercher sa valise sur le pont à la poupe et se mit à marcher sans but. Personne ne faisait attention à lui, ce qui jouait sans doute à son avantage. Il ne manquerait sûrement à personne : ils engageraient tout simplement un autre garçon de carré, et les choses en resteraient là. Lui, de son côté, retournerait à son travail de tous les jours à New York, et c'en serait fini de toute cette histoire. Il y avait d'autres façons de rechercher l'expérience. Et il y avait d'autres façons de trouver de l'argent pour l'opération de son vieux. Il n'était pas dans le besoin immédiatement...

Bill décida de redescendre à son poste d'équipage pour y prendre tout objet qu'il avait pu oublier dans sa hâte à boucler sa valise. Une fois dans le poste, il éprouva le besoin de s'allonger et de réfléchir. Il bondit donc sur sa couchette et il alluma une cigarette.

Danny Palmer se peignait devant le lavabo.

« On dirait qu'on va partir bientôt, finit-il par dire.

— Je crois, oui.

— Tu n'as pas l'air très impatient ! » dit Danny en riant et en rangeant son peigne.

Bill haussa les épaules et sourit : « Oh non, ça ne m'excite pas beaucoup.

— Oui, j'imagine qu'on s'ennuie en mer par moments. Je vais en profiter pour lire en tout cas et je vais tenir un journal. Il y a toujours un moyen de vaincre l'ennui.

— L'ennui, c'est le cadet de mes soucis. J'ai découvert

que l'ennui était mon ennemi mortel il y a quelques années, et j'ai appris depuis comment l'éviter, dans une certaine mesure. Je le contourne habilement...

— Bravo ! » Danny, souriant, remontait soigneusement sa montre.

Bill faisait des ronds de fumée avec sa cigarette, le visage soucieux.

« Je soupçonne que nous allons partir pour la Russie, dit Danny, rayonnant. Mourmansk ou Arkhangelsk... Et si c'est le cas, je doute que nous ayons beaucoup de temps pour nous ennuyer. C'est un trajet très mouvementé, c'est bien connu. Tu as rencontré des marins qui y sont allés ?

— Oui, deux : Meade et Martin.

— Qui est Meade ?

— C'est le mécanicien avec la moustache de prince héritier.

— J'aimerais les rencontrer. Je voudrais avoir des informations de première main sur la Russie.

— Vraiment ?

— Oh oui ! Je suis aussi à gauche que mon père est à droite ! »

Bill s'appuya sur sa main, le coude replié.

« Ça doit être quelque chose, j'imagine. »

Danny dressa un sourcil blond : « Tu parles ! Le pater est un industriel de l'acier, la mater est DAR[1] et toute la famille est NAM[2].

1. Daughters of the American Revolution : société patriotique de tendance conservatrice encourageant l'étude de l'histoire des États-Unis ; ses membres sont uniquement les descendantes des femmes qui aidèrent la cause de l'Indépendance.

2. National Association of Manufacturers : association regroupant les entreprises industrielles américaines, créée à Cincinnati en 1895.

— Ça doit faire de toi un anarchiste.

— Communiste », corrigea Danny.

Bill se recoucha sur son oreiller.

« Je meurs d'envie d'aller en Russie et de parler aux camarades, reprit Danny, les yeux fixés au hublot. C'est pour ça que je me suis engagé dans la marine marchande. Je veux voir la Russie, dit-il en pivotant pour faire face à Bill, et je te jure que je vais le faire !

— Ça ne me déplairait pas non plus.

— C'est mon ambition, ma seule ambition ! Tu as entendu parler de Jack Reed ? »

Bill se tourna vers lui : « Jack Reed ? Le type qui a participé à la révolution ?

— Oui ! Bien sûr ! Il est allé à Harvard, tu sais. Il était fantastique ! » Danny alluma une cigarette d'une main tremblante. « Il est mort en Russie... »

Bill hocha la tête.

« J'aimerais... J'aimerais être un Jack Reed un jour », confessa Danny, ses yeux bleus plaidant sincèrement sa cause.

« Une ambition louable.

— Louable ? *Louable* ? Croire à la fraternité des hommes comme il l'a fait ?

— En effet... Reed était un grand idéaliste, bien sûr. J'ai toujours été inspiré par sa vie... C'était vraiment une figure tragique, et importante avec ça. Il a donné toute sa fortune à la cause. J'aimerais avoir autant de conviction !

— Ce n'est pas difficile de donner sa fortune. Il est plus difficile de vivre pour le mouvement et de mourir dans la défaite, comme il l'a fait.

— Je suis d'accord.

— Défaite aux yeux du monde, mais pour la Russie et tous les camarades, ce n'était pas une défaite... C'était un triomphe suprême !

— Tu as sans doute raison... Et je pense que c'était, comme tu dis, un triomphe suprême même aux yeux de Reed lui-même. »

Danny eut un sourire enthousiaste : « Oui ! Tu as raison... Dis-moi, tu es communiste, toi aussi ? »

Bill éclata d'un rire sarcastique.

« Eh bien, je ne suis pas membre du parti.

— Je voulais dire... euh... es-tu communiste de cœur ?

— Je ne me décris pas comme un communiste, je n'en ai jamais eu l'occasion, sauf lorsque j'avais dix-sept ans. Mais si tu me demandes si je penche ou non à gauche, alors ma réponse est oui... naturellement. Je ne suis pas aveugle.

— Très bien ! Serre-moi la main, camarade ! »

Ils rirent et se serrèrent la main, même si Bill se sentait un peu troublé par tout ça. On ne l'avait jamais appelé « camarade » auparavant.

« Nous sommes probablement les seuls à bord, continua Danny. Nous devons nous serrer les coudes.

— Oh oui.

— Je suppose que tous les autres n'ont pas d'idéaux ou qu'ils sont tous réactionnaires !

— En particulier ce mécanicien, Nick Meade. Il détestait la Russie...

— Vraiment ? Probablement un simple matérialiste.

— Oui... En fait, c'est un matérialiste néo-machiavélien iconoclaste. »

Danny le regarda d'un œil désapprobateur : « Je suis supposé savoir ce que ça veut dire ? »

Bill rougit.

« Bien sûr que non, je plaisantais, Palmer. Je vais te dire un truc, descends le voir en salle des machines. Il est communiste, en fait.

— Non !

— Si, il l'est vraiment, dit Bill sur un ton sérieux. Il sera content de faire ta connaissance… J'en suis certain.

— Salle des machines ? Meade ? Très bien, je vais descendre tout de suite, dit Danny en souriant. Ça fait donc trois. Nom de Dieu, je suis soulagé… J'espérais trouver quelques camarades, mais je n'y comptais pas trop ! »

Bill était incapable de dire un mot de plus.

« À plus tard, Everhart, lança Danny en sortant. Ou bien est-ce *camarade* ? ajouta-t-il en riant aux éclats.

— Mais certainement », répondit Bill, en essayant de se montrer aussi joyeux que possible. Le gamin était parti.

Bill jeta sa cigarette par le hublot.

« Camarade ! cracha-t-il sur un ton méprisant. Quel idiot impayable il fait ! » Bill retomba brutalement sur sa couchette et fixa la cloison métallique. « Est-ce que le monde est rempli d'idiots ? Est-ce que quelqu'un pourrait être sensé, pour changer ? »

Il jetait un regard furieux en direction de la cloison.

Je quitte ce bateau aujourd'hui même, ma parole, avant de devenir fou. Bouillant de rage, il enfonça son visage dans l'oreiller. Agacé, il commença à sentir un mince filet de remords, une sorte de liquide froid tentant d'apaiser le feu de sa colère. Il se tourna, dans un mouvement spasmodique, de l'autre côté. Le froid se répandit. Il poussa un soupir d'impatience.

Évidemment, j'ai été idiot une fois de plus... Palmer est jeune et sincère, et moi je ne le suis pas... Il a des idéaux, même s'ils font de lui un idiot. Je devrais avoir honte de jouer le sceptique sardonique... Quand diable vais-je me débarrasser de la canne de frêne de Dedalus[1] *? Ça ne mène personne à rien ! Je faisais tout simplement mon Nick Meade quand je me suis amusé de la naïveté et de la sincérité de Palmer. Le gamin a de bonnes intentions...*

Une leçon d'intolérance à la Meade, voilà ce que c'était. S'il est un marxiste orthodoxe, bon sang, je suis pire que lui : un everhartiste orthodoxe. Si les gens ne sont pas comme Everhart, eh bien, ce sont des idiots ! Des idiots absolus ! Et Everhart est la constante dans une équation d'idiots... Et je pensais être raisonnable, la nuit dernière, quand je lui ai fait savoir ce que je pensais de lui. Quelle plaisanterie ! Je suis aussi sectaire que lui.

Bill poussa son oreiller et s'assit.

Je vais me réconcilier avec Palmer... Il n'a même pas remarqué que j'étais sarcastique, donc le fardeau du reproche m'appartient et il n'appartient qu'à moi. Ô âme damnée ! Un homme ne peut passer sa vie à mépriser ses semblables, où est-ce que ça nous mènerait ? Nous devons apprendre à nous respecter et à nous aimer les uns les autres, et si nous n'en sommes pas capables, alors le mot d'ordre, nom de Dieu, doit être tolérance !

1. Stephen Dedalus, l'alter ego littéraire de James Joyce, protagoniste et anti-héros de son premier roman, semi-autobiographique, *Portrait de l'artiste en jeune homme*, et aussi personnage d'*Ulysse*. Stephen Dedalus choisit « le silence, l'exil et la ruse » afin de se libérer du « nationalisme, de la langue et de la religion ».

Tolérance ! Si des gens comme Nick ne me tolèrent pas, alors c'est moi qui vais les tolérer.

Bill descendit d'un bond de sa couchette et jeta un coup d'œil par le hublot.

Sans quoi, rien ne changera jamais, pas vraiment… Et nous devons changer.

Une mouette, perchée sur la plate-forme du dock, fouillait son plumage à coups de bec exaspérés. Juste derrière elle, Bill pouvait voir la poupe du destroyer dans la baie.

Il hocha la tête : *Foutu moment pour la tolérance ! Ou bien… foutue guerre pour la tolérance ? Il va falloir qu'ils l'écrivent noir sur blanc avant que je puisse le croire…*

Bill rentra la tête et se versa un gobelet d'eau. Son regard se posa sur sa valise.

Je devrais tenir le coup… Simplement pour le principe. Les théories et les principes prennent vie uniquement lorsqu'on les applique… Théoriquement, je suis opposé au fascisme, je dois donc le combattre – Nick est à bord, il n'a pas fait volte-face. Qu'est-ce qu'il dirait si je laissais tomber ? Bill sourit et ouvrit sa valise.

Très bien, M. Meade, ce rire, c'est pour ta pomme.

Il défit sa valise et s'allongea pour un petit somme. Une fois encore, alors qu'il commençait à somnoler, il sentit la joie l'envahir.

« Tu connais Martin ? » lui demanda une voix.

Bill se réveilla en sursaut.

« Quelle heure est-il ? J'ai dormi…

— Presque midi. Écoute, un gamin blond m'a dit que tu connaissais un type du nom de Martin.

— Oui, je le connais.

— Wesley Martin ?

— Oui. »

Le marin tendit une feuille pliée à Bill : « Je ne sais pas où le trouver... Tu lui donneras ça, d'accord ? »

Bill examina la feuille pliée où était écrit à la main : *Pour Wesley Martin, matelot breveté.*

« Une poupée à l'entrée des quais m'a demandé de la lui donner, dit le marin. J'aurais bien aimé lui donner quelque chose à elle... C'était un sacré engin.

— Une fille ?

— Ouais... à l'entrée. Donne-la à Martin. À plus tard ! » Le marin repartit.

« Je ne sais pas où il est !

— Moi non plus, à plus tard. » Le marin descendit la coursive d'un pas nonchalant.

Bill s'assit sur un tabouret et tenta d'imaginer ce que contenait la lettre. Il n'y avait aucun mal à la lire, puisque Wesley ne la verrait jamais. Il déplia la feuille et lut :

Cher Wes,

Je sais maintenant que tu changeras d'avis. Je t'attendrai. Je t'aime.

Ta femme

« Ta *femme* ! s'écria Bill. Je croyais qu'il l'avait quittée... » Il relut la note, les sourcils froncés.

Le steward descendait la coursive. Bill leva les yeux.

« C'est l'heure de mettre la table pour le déjeuner, dit le steward. Il est presque midi.

— D'accord ! J'ai dormi un peu. »

Il suivit le steward jusqu'à la coquerie et alla chercher ses assiettes, ses tasses, ses soucoupes, ses couverts. En se rendant au carré des hommes de pont, il passa devant Palmer, qui pelait des pommes de terre avec Eathington et un autre commis.

« Tu as fait la connaissance de Meade ? » cria Bill par-dessus le tintamarre de la coquerie à l'heure du déjeuner.

Danny fit un grand sourire et hocha la tête avec enthousiasme, il y ajouta même un clin d'œil riche de sens. Bill sourit. Il emportait ses assiettes à son petit carré, où il se félicita d'avoir choisi un travail qu'il pouvait faire seul et en silence. La coquerie était toujours pleine de bruits de vaisselle et de cris confus. Dans son carré, il pouvait dresser la table tranquillement et prendre les commandes des marins, et les servir avec un minimum de dignité. Certainement…

« Hé, mon pote, n'en fais pas trop ! »

Bill pivota sur lui-même et faillit lâcher le ketchup. C'était Wesley. Qui repartit aussi vite qu'il était arrivé. Bill sauta par-dessus un banc en poussant un cri de surprise.

À la porte, il cria : « Hé, Wes, viens ici ! »

Wesley fit demi-tour et il revint d'un pas nonchalant dans la coursive, la cigarette au bec : « Il faut que je retourne travailler…

— Tiens, c'est un message pour toi. Où diable étais-tu passé ? »

Wesley releva le coin de la bouche et s'empara de la feuille de papier.

« J'étais en taule. J'ai fait du grabuge et j'ai été arrêté.

— Qui a payé ta caution ? »

Wesley lisait le mot. Quand il eut fini, il le glissa

dans une poche de son bleu et il posa sur Bill un regard sombre, impassible.

« Qui a payé ta caution ?

— Un copain. »

Ils se dévisagèrent en silence. Wesley fixait Bill intensément, comme s'il était sur le point de dire quelque chose, mais il resta silencieux.

Bill sourit et fit un geste en direction de son carré : « On sert avec le sourire ici… demande à tout le monde. »

Wesley hocha la tête lentement. Puis il posa sa main fine sur l'épaule de Bill.

« Nous partons demain matin, mon pote », dit-il rapidement et il s'éloigna dans la coursive sans prononcer un mot de plus. Bill le regarda disparaître et retourna à sa glacière. Plus rien ne lui venait à l'esprit.

Chapitre 7

À l'aube, le maître d'équipage était venu réveiller les hommes de pont, mais Curley ne dormait pas – il tétait encore sa bouteille. Il avait chanté toute la nuit dans sa couchette supérieure, mais les autres ne lui avaient accordé aucune attention. Maintenant qu'ils se réveillaient, Curley voulait savoir si l'un d'eux voulait boire un coup.

« Dessoûle, Curley, ou bien le second va te retenir deux ou trois jours de paye, dit Joe en enfilant ses chaussures.

— Écoutez-moi, les mecs, s'écria Curley, assis sur sa couchette, en brandissant la bouteille, je ne suis jamais assez ivre pour être incapable de faire mon travail… »

Wesley inspectait ses dents dans le miroir fendu.

« Tu veux un coup de cette bouteille, Martin ? cria Curley.

— Tu es bien trop ivre pour faire quoi que ce soit », lança Joe, moqueur.

Curley sauta de sa couchette en poussant un juron, chancela, se cogna contre une chaise avant de s'étaler sur le plancher.

Wesley se précipita vers lui : « Debout, Curley. Je boirai un petit coup à ta bouteille, si tu arrêtes tes conneries.

— Arrêter mes conneries ? Je vais tuer ce maudit Joe pour lui faire regretter cette plaisanterie », hurla Curley, repoussant Wesley et essayant de se mettre debout.

Joe rit et se dirigea vers le lavabo.

Wesley aida Curley à se relever et le poussa en direction de sa propre couchette. Curley balança un coup de poing, mais Wesley le bloqua avec son avant-bras, puis il poussa Curley et le cloua sur la couchette.

« Dessoûle, mec. On a du boulot. Nous partons... Je vais te donner une serviette mouillée.

— Donne-lui une autre bouteille ! suggéra Haines depuis sa couchette.

— Je vais te tuer, Joe ! cria Curley, en voulant se défaire de l'emprise de Wesley. Lâche-moi, Martin !

— Je pensais que tu tenais l'alcool mieux que ça, Curley, dit Wesley en secouant la tête. Un vieux cow-boy comme toi. Je parie que tu es bien trop soûl pour faire ton travail. »

Curley pointa le doigt sous le nez de Wesley : « Écoute, Martin, au Texas on est jamais assez soûl pour ne pas travailler. Laisse-moi passer... J'ai du boulot. »

Wesley laissa Curley se redresser, mais maintint sa pression sur son bras.

Haines regardait par le hublot. « Bon sang, il fait encore nuit dehors. » Les autres se levaient à leur tour.

Joe s'éloigna du lavabo et enfila sa chemise.

« Curley est ivre depuis dix jours, annonça-t-il. Attends un peu que le second le voie là-haut. Il ne va même pas pouvoir soulever un cordage ou...

— Tais-toi ! » coupa Wesley. Curley se débattait pour pouvoir se jeter sur Joe, mais Wesley le plaquait contre la cloison métallique.

« Je vais te tuer, Joe ! Je vais casser ta sale gueule en deux ! hurla Curley. Lâche-moi, Martin, je vais le tuer...

— À qui tu dis de la fermer, Martin ? demanda Joe, placide, en s'avançant vers eux.

— À toi, répondit Wesley, luttant toujours avec Curley. Ce gamin est complètement ivre... il faut l'aider.

— Qu'est-ce que j'en ai à foutre de lui ? dit Joe. Et qui tu es, toi, pour me dire de la fermer ? »

Wesley le regarda avec des yeux vides.

« Ouais ? » lança Joe, l'air menaçant.

Wesley sourit brièvement et lâcha Curley. L'instant d'après, Curley bondissait sur Joe, le rouant de coups à l'aveugle et le bousculant contre une chaise. Puis, ils se retrouvèrent sur le plancher, Curley sur Joe, enchaînant les coups de poing sur le visage renversé de Joe. Les hommes de pont poussèrent des cris en sautant de leurs couchettes pour aller les séparer. Wesley se servit un verre de la bouteille de Curley pendant que les poings de ce dernier résonnaient brutalement, os contre os, sur le visage de Joe. Ils arrachèrent Curley qui était comme un chien enragé et le clouèrent sur sa couchette. Joe, maintenant assis, grognait pitoyablement, comme un enfant en proie à la douleur. Il avait la bouche en sang.

Wesley s'approcha du lavabo et il apporta une serviette mouillée à Joe pour son visage. Celui-ci cracha une dent au moment où Wesley appliquait délicatement la serviette.

« Faites dessoûler Curley. Sinon nous allons tous trinquer… Faites dessoûler ce dingue de cow-boy… »

Haines se précipita vers la porte et jeta un coup d'œil dans la coursive. « Le maître d'équipage n'est pas dans les parages… Nom de Dieu ! Grouillez-vous avant que le second descende… Jetez-lui de l'eau sur le visage.

— Jolie façon de commencer une traversée ! gémit Joe, toujours sur le plancher. Je saigne de partout. À mon avis, il n'y aura pas de traversée pour nous. On va tous trinquer.

— Ah, tais-toi ! sermonna Haines. Tu as retrouvé la forme à présent. »

Quelqu'un jeta un verre d'eau sur le visage de Curley et lui donna deux gifles rapides. « Dessoûle, Tex ! Nous devons aller travailler… »

Wesley aida Joe à se remettre debout : « Ça va aller, Joe ? »

Joe le fixait d'un regard vide, en titubant légèrement.

« Il m'a taillé en pièces.

— Tu n'aurais pas dû être aussi stupide ! dit Wesley.

— Je sais, je sais. J'ai mal partout… Je sens quelque chose de pas naturel… Il va se passer un truc…

— Tu vas la fermer ! » cria Haines. Curley était assis sur une couchette et clignait des yeux. Il souriait à tous les hommes autour de lui et se mit à chanter *Bury Me Not on the Lone Prairie* – il avait suffisamment dessoûlé. Ils emmenèrent Joe et Curley sur le pont pour leur faire respirer l'air frais dans l'aube brumeuse.

« Au travail », dit Haines sur un ton impatient.

Joe trébucha, mais il se rétablit à temps.

« Quelle sale façon de commencer la journée, murmura Charley, le jeune matelot. Ces salauds d'ivrognes…

— Ça va, oublie ! » coupa Haines.

Le maître d'équipage les appelait à l'arrière. Une aube grise emplissait le ciel. La cheminée du *Westminster* crachait de gros nuages de fumée noire quand ils arrivèrent à l'arrière, où le second, le maître d'équipage et un élève-officier de pont les attendaient.

Sur le quai, les dockers larguaient les haussières du *Westminster*...

Quand Everhart se réveilla, il entendit l'explosion de la sirène sur la cheminée du *Westminster*. Il sauta de sa couchette et se posta devant le hublot ouvert – le mur du hangar du dock défilait devant ses yeux. Bill sortit la tête et regarda vers l'avant : le navire se dégageait lentement du quai en marche arrière, laissant un long sillage de remous paresseux. Les dockers et les gardes étaient encore sur la plate-forme qui s'éloignait, et ils regardaient ce spectacle avec l'air satisfait du travail accompli.

Une fois encore, le *Westminster* fit retentir la sirène du départ, qui résonna et se répercuta dans l'aube silencieuse au-dessus des toits du dock, des voies de chemin de fer et des bâtiments le long des quais.

Bill fit une toilette rapide et monta en courant sur le pont. Il sentit le grondement puissant des pistons monter du plancher, entendit le brassage géant de l'hélice. Au moment où il levait les yeux vers la cheminée du *Westminster*, la sirène retentit pour la troisième fois – Vooooom ! – avant de retomber dans le silence, tandis que le son explosif s'envolait au-dessus des toits de Boston.

Au milieu du port, le *Westminster* s'arrêta. Puis, l'hélice ronronna de nouveau, le treuil gronda dans les profondeurs au moment où le gouvernail était actionné, et le *Westminster*, lentement, pesamment, pointa sa proue pour faire face à l'Atlantique. Le treuil du gouvernail grinça de nouveau dans les profondeurs du navire et ils progressèrent doucement, sans à-coups, en direction du filet de mines à l'entrée du port, l'hélice tournant à un rythme stable dans un ronronnement gargantuesque.

Bill se précipita vers l'avant et se pencha pour observer la proue, son arête effilée, raide, fendant les eaux du port avec la facilité procurée par sa puissance. Le *Westminster* gagnait de la vitesse. De part et d'autre de la proue, les algues se tortillaient paresseusement.

Bill plissa les yeux en contemplant l'océan. Au loin, il aperçut dans la brume grise une longue forme basse... le destroyer, bien sûr ! Ils étaient en route ! Quel idiot il aurait été de rater ça ! Ils approchaient rapidement du filet de mines. Une ouverture avait été pratiquée pour les laisser passer. Quand le *Westminster* traversa, les marins chargés de l'ouverture du passage firent signe de la main nonchalamment. Bill ne pouvait détacher son regard des mines flottantes, ces énormes globes noirs hérissés de pointes, alignés le long des plages pour former une chaîne de destruction et de ruine incroyable...

Les deux phares glissèrent de part et d'autre avec dignité, ultimes avant-postes de la société humaine. Bill se tourna vers l'arrière pour voir la ligne des toits de Boston disparaître. Boston endormie et inconsciente de la grande aventure qui commençait, Boston crachant quelques nuages de fumée industrielle, Boston aux façades grises sévères dans l'aube de juillet.

Bill tourna ses yeux vers l'océan de nouveau. Au loin,

là où l'horizon, la brume et la mer d'un vert bilieux se mêlaient, il contemplait les derniers vestiges de la nuit noire qui disparaissaient dans le gris pâle.

Droit devant, le destroyer fendait les eaux calmes. Bill avait l'impression qu'il patrouillait déjà, ses canons dressés dans toutes les directions. Bill se tourna pour observer les tourelles à l'avant : deux marins avec des écouteurs sur les oreilles se tenaient près des canons, les yeux fixés sur la ligne d'horizon.

C'était parti ! Il ne pouvait plus faire machine arrière à présent... Advienne que pourra, ils étaient prêts, et lui aussi...

« Je suis jamais incapable de faire mon travail, même quand j'ai trop bu ! » criait quelqu'un. Bill se retourna et vit Wesley et deux autres hommes en train d'enrouler des cordages sur le pont.

« Tu as sacrément raison, mec, répondit Wesley.

— Je vais me soûler. Je vais me bagarrer, je vais faire ce que je veux ! criait Curley sous le nez de Wesley. Mais je ferai quand même mon travail. Pas vrai ?

— Ferme-la, tu veux ? marmonna Haines.

— Pas vrai ? répéta Curley.

— Mais bien sûr ! » assura Wesley.

Ils continuèrent à enrouler les cordages en silence. Quand ils eurent terminé, Wesley alluma une cigarette et fixa son regard sur l'océan.

« Bonjour, Wes », lança Bill.

Wesley se retourna et balaya l'horizon d'un geste solennel.

« Qu'est-ce que tu en dis ? »

Bill se pencha sur le bastingage et plissa les yeux pour

examiner l'eau. « Excitant… C'est la première fois que je prends la mer et je dois dire que ça me fait une impression bizarre. »

Wesley lui offrit une cigarette.

L'atmosphère se réchauffait. La brume s'était levée et à présent la longue houle scintillait sous la lumière blanche éclatante. Bill sentait la proue monter et descendre dans un mouvement souple, l'océan bruissant sur la coque du *Westminster*.

« C'est comment à la proue, quand la mer est forte ? », demanda Bill en souriant.

Wesley sourit, rejeta la tête en arrière et répondit : « Tu as intérêt à t'accrocher à quelque chose si tu ne veux pas valser sur le pont.

— Il t'arrive d'avoir le mal de mer ?

— Bien sûr… On l'a tous à un moment ou un autre, répondit Wesley. Même le commandant parfois.

— Hé, Martin ! cria Haines. Il faut qu'on descende. »

Wesley jeta sa cigarette et partit en traînant les pieds faire son travail. Il portait les mêmes mocassins que ceux qu'il avait lorsque Bill l'avait rencontré à New York, un pantalon en toile couvert de peinture et une chemise blanche. Bill le suivit du regard pendant qu'il descendait avec Haines et Curley. Il frottait la tête de Curley d'une main affectueuse, joueuse, tandis que ce dernier se lançait dans une nouvelle chanson qu'il accompagnait de grands gestes dramatiques.

« *Seven years with the wrong woman…*, hurla Curley, c'est sacrément long… » Et puis, ils disparurent par l'écoutille.

Bill sourit. Il se réjouissait de voir Wesley de nouveau

heureux – cette note de sa femme, la veille, l'avait troublé de toute évidence puisqu'il n'était pas venu au carré de toute la journée. Wesley avait l'air d'être enfin chez lui et content, maintenant qu'ils étaient en mer, comme si quitter le port avait signifié la fin de tous ses soucis, et prendre la mer, une nouvelle ère de paix et de bon temps. Quelle solution simple ! Everhart pourrait-il jamais trouver la liberté grâce à un procédé aussi simple, être débarrassé de toute contrariété par le biais d'un expédient aussi gracieux, tirer de l'océan amour et réconfort, comme Wesley semblait pouvoir le faire ?

Bill repartit vers l'arrière et il descendit pour prendre son travail. Quand la table fut mise, Joe, le matelot breveté, vint s'asseoir, l'air sombre. Son visage était couvert de contusions.

« Qu'est-ce qui t'est arrivé ? » demanda Bill en souriant.

Joe leva les yeux, furieux, gardant le silence et jetant un coup d'œil irrité vers Bill. Ce dernier lui tendit une assiette.

« Qu'est-ce qu'il y a à bouffer ?

— Porridge...

— Porridge ! Je vois que ça va être une traversée pourrie, bouffe dégueulasse, équipage de bons à rien...

— Du café ? demanda Bill avec un regard las.

— Qu'est-ce que tu crois, bordel ! Ne sois pas si stupide, nom de Dieu.

— Comment je suis censé savoir...

— Tais-toi et va me le chercher. »

Bill lui jeta un regard furieux, avant de rougir.

« Qui tu regardes comme ça ? grogna Joe, en se levant.

— Tu n'as pas à...

— Écoute, nabot. Ferme-la si tu ne veux pas prendre des coups, tu piges ?

— Tu es un vrai cas, toi ! » murmura Bill.

Joe poussa Bill du plat de la main. Bill le dévisageait, apeuré, paralysé. L'assiette faillit lui échapper des mains.

« Ne laisse pas tomber les assiettes. » Joe souriait à présent. « Ou il faudra que tu les paies de ta poche. Allez, allez, ne reste pas là comme un demeuré, le nabot, va me chercher mon petit déjeuner. »

Bill parcourut la coursive, stupéfait. Pendant que le cuisinier remplissait l'assiette de Joe, il décida de se défendre, et si cela signifiait une altercation, eh bien, altercation il y aurait ! Bill revint d'un pas rapide vers son carré, reprenant ses esprits et se préparant à l'inévitable... Mais quand il arriva devant la table, une conversation animée était en cours parmi les hommes de pont. Curley, Haines, Charley et Wesley étaient assis autour de la table.

« Je suis désolé ! criait Curley. Par pitié, arrêtez d'en parler. Je ne suis pas responsable de ce que je fais quand je suis ivre...

— Ça va, dit Joe d'une voix geignarde, mais vous m'avez salement amoché, toi et ta foutue gnôle...

— Pourquoi tu n'oublies pas tout ça ? grommela Haines. C'est fini à présent, alors oublie...

— La paix ! La paix ! s'écria Charley. Haines a raison... Plus un mot de tout ça maintenant. »

Joe fit un geste brutal de la main pour les repousser tous.

Bill laissa tomber l'assiette du petit déjeuner devant lui. *Alors, c'était le travail de Curley... Bravo, mec !*

Joe tourna les yeux vers lui : « Écoute, nabot, ne jette plus jamais mon assiette comme ça... »

Haines se leva : « Et c'est reparti. Je me tire d'ici, moi !

— Attends ! » ordonna Wesley.

Bill jetait un regard furieux à Joe. Lorsque celui-ci commença à se lever, Wesley plaça une main sur son épaule et le rassit.

« Retire ta main immédiatement, Martin ! » avertit Joe, les yeux braqués sur la main de Wesley.

Wesley s'assit sur le banc à côté de lui et sourit.

« Très bien, Joe, je vais le faire. Maintenant je veux te dire un truc...

— Je ne veux pas l'entendre ! Si tu n'aimes pas ma compagnie, fous le camp.

— Bien sûr, lâcha Haines avec un rictus sauvage. Je vais me jeter par-dessus bord et nager jusqu'au port.

— Écoute, mec, commença Wesley, le fait est que... nous sommes en mer et c'est comme ça. On n'est plus à la plage, où on peut se battre, picoler, tout ce qu'on veut. Mais quand on est en mer...

— J'ai dit que je ne voulais pas l'entendre ! cria Joe.

— Tu vas l'entendre quand même ! répliqua Haines. Vas-y, Martin... »

Le visage de Wesley se durcit : « Quand on est en mer, mec, il n'est plus question de ces trucs. On doit vivre ensemble, et si chacun y met du sien, tout se passe très bien. Mais si un type se met à jouer les brutes, alors ce n'est vraiment plus une traversée... tout est gâché.

— Lâche-moi ! marmonna Joe, revêche.

— Je ferai ça dès que tu auras pigé ! Tu réfléchis, tu

fais ta part du truc et on sera tous heureux..., commença à dire Wesley, en s'échauffant un peu.

— Qui n'a pas fait sa part ? répliqua Joe.

— Ta part de coopération, compléta Haines.

— Ouais, dit Wesley, c'est ça... ta part de coopération... Fais ça et nous te serons tous reconnaissants. »

Wesley, impatient, se passa la main dans les cheveux.

« Mais, c'est Curley qui m'a amoché ou pas ? Qu'est-ce que j'ai fait, moi ? s'écria Joe.

— C'est toi qui as commencé ! » dit Haines d'une voix sifflante.

Joe resta silencieux.

« Tu veux bien faire ça, mec ? » demanda Wesley, l'air très sérieux.

Joe regarda autour de lui avec une expression de respect mêlé de crainte, en désignant Wesley : « Alors, c'est lui le chef, hein ?

— Ce n'est pas le problème, coupa Haines. Il parle en notre nom à tous. On veut faire une bonne traversée et on veut pas qu'une Jeep[1] comme toi foute tout en l'air. »

Joe se remit à manger sans un mot.

« Les types comme toi finissent par-dessus bord, s'ils deviennent vraiment désagréables, ajouta Haines calmement.

— Pas de place pour moi ici, hein ? grommela Joe.

— Bien sûr que si, dit Wesley. Arrête simplement de

1. Terme d'argot pour désigner une nouvelle recrue ou un type peu fiable, faisant référence aux prototypes défectueux de Jeep livrés à l'armée pendant la Seconde Guerre mondiale, jusqu'à leur mise au point.

jouer au petit malin avec tout le monde... Retire-toi l'épine que tu as dans le pied. »

Joe secoua la tête, en proie au ressentiment.

« Rien d'autre à dire, conclut Haines. On se serre les coudes, tu vois ?

— Bien sûr, bien sûr, marmonna Joe.

— Serrons-nous la main et oublions tout ça », proposa Curley. Joe, sans même lever les yeux, le laissa lui serrer la main.

« Bande de crabes, finit-il par murmurer.

— On n'est pas des crabes, dit Wesley. C'est toi le crabe dans cette équipe. Alors, s'il te plaît, arrête tes conneries et comporte-toi bien avec nous. Nous sommes en mer, mec, souviens-toi de ça. » Haines hocha la tête pour marquer son assentiment.

« Et si on bouffait quelque chose ? » s'écria Charley. Bill était resté là, observant avec un certain émerveillement ce tribunal maritime en action. Il sortit de sa rêverie en souriant et prit les assiettes.

Les marins commandèrent et essayèrent de rire de toute l'affaire, mais Joe termina son petit déjeuner et sortit d'un pas rapide, sans dire un mot. Une fois qu'il eut disparu, un silence pesant s'installa.

« Il va s'en sortir, finit par dire Wesley.

— Il a intérêt, dit Haines, menaçant. Il va falloir qu'il apprenne à un moment... Il est en mer. »

Ce premier jour, le *Westminster* s'éloigna de cent milles nautiques de la côte avant de virer au nord dans le sillage du destroyer qui l'escortait. Il faisait chaud, une journée sans vent, avec une houle ample et lisse.

Lorsque Bill eut terminé son service après le dîner, il alla à l'arrière jusqu'à son poste d'équipage et s'allongea pour fumer une cigarette. Au-dessus de lui, dans un compartiment de rangement, il repéra un sac en toile de bâche. Il tira dessus et en sortit un masque à gaz. Il s'assit et examina le compartiment : il y avait aussi un gilet de sauvetage auquel une lumière rouge était attachée.

« Garde-les à portée de main, conseilla Eathington depuis sa couchette. Je les ai toujours au pied de ma couchette. Tu as un couteau ?

— Non.

— Tu ferais bien de t'en procurer un. Tu en auras peut-être besoin si tu dois couper quelque chose rapidement. »

Bill se rallongea et tira sur sa cigarette.

« Nous allons faire les exercices pour les canots à partir de demain, poursuivit Eathington, et les exercices d'évacuation en cas d'incendie, à un moment, cette semaine. Tu connais les postes d'incendie sur le *Westminster* ? demanda-t-il sur un ton accusateur.

— Non », admit Bill.

Eathington émit un petit rire moqueur.

« Ils sont affichés sur un écriteau dans la coursive ! »

Bill sortit jeter un coup d'œil à l'écriteau. Il découvrit son nom dans un groupe de six marins assignés au canot de sauvetage numéro six et au poste d'incendie numéro trois. S'il s'agissait d'une torpille, il n'y aurait pas beaucoup de temps pour aller consulter l'écriteau et il ferait donc bien de se souvenir du numéro de son canot.

Bill éteignit sa cigarette et monta par l'écoutille. Lorsqu'il l'eut ouverte, il se retrouva sur le pont éclairé par le clair de lune. Les écoutilles occultées ne seraient pas d'un grand secours cette nuit, se dit-il – le destroyer était visible sous le clair de lune aussi clairement qu'en plein jour. Cependant, il faisait encore assez sombre pour qu'un périscope reste indétectable, nom de Dieu !

Quelqu'un, tout près, fit écho à ses pensées : « Regarde-moi cette lune ! Il fait aussi clair qu'en plein jour. » Deux marins étaient accoudés au bastingage à la poupe.

« Ils peuvent nous voir, c'est sûr », dit Bill en riant.

Le marin sourit : « Et nous, on peut les entendre !

— Ouais ! ajouta l'autre marin. Sauf s'ils coupent leurs moteurs et nous attendent sans bouger.

— C'est ce qu'ils font, oui, admit le premier. Aucun détecteur ne peut repérer un sous-marin à l'arrêt.

— La lune, dit Bill, songeur. Les amants la désirent, mais nous certainement pas.

— Quelle phrase ! » dit un des marins.

Ils restèrent silencieux pendant que Bill observait le sillage du navire – une route grise, spectrale, qui retournait à la maison, se déroulait sans fin et s'allongeait à chaque tour d'hélice. Il ne put s'empêcher de frissonner.

« Eh bien, dit le marin, qu'ils viennent. »

Bill partit vers l'avant d'un pas nonchalant. L'atmosphère était fraîche et pure, remplie de la sensation salée montant de l'océan. La cheminée du *Westminster*, silhouette se balançant doucement sous le clair de lune, lâchait des nuages de fumée bleue qui obscurcissaient les étoiles. Bill fixa un regard nostalgique sur la Grande Ourse et se souvint qu'il avait étudié cet ensemble d'étoiles lors de nuits tranquilles le long de Riverside

Drive... Ils étaient loin de New York à présent... et s'en éloignaient toujours plus.

Il descendit jusqu'au poste d'équipage de Wesley. Assis sur la couchette supérieure, Curley avait sorti sa guitare et plaquait quelques accords, l'air pensif, pendant que les autres écoutaient, affalés sur leurs couchettes. Joe inspectait ses blessures dans le miroir.

Curley commença à chanter de sa voix nasillarde de cow-boy.

« Martin est là ? » demanda Bill.

Charley se redressa sur sa couchette et bâilla. « Il est de quart à la proue... Je le relève dans deux minutes. »

Charley prit sa veste et sortit. À la proue, Wesley, les jambes écartées, la tête tournée vers l'avant, les mains plongées dans les poches de son caban, avait le regard fixé sur les étoiles.

« C'est à toi, Charley, dit-il. Salut, mec.

— Salut, Wes, répondit Bill. Qu'est-ce que tu dirais d'une partie de whist avec Nick ? »

Wesley retira son caban.

« D'accord. »

Ils s'éloignèrent lentement de la proue, où Charley avait pris son quart avec un bâillement bruyant et un puissant grognement encore ensommeillé.

« Haines est à la barre, dit Wesley en faisant un geste en direction de la passerelle.

— C'est comment le quart à la proue ? » demanda Bill, revoyant Wesley, seul à l'avant du navire, face à l'étendue de l'océan dans la nuit, très droit et l'air soucieux.

Wesley ne dit rien. Il haussa les épaules.

« Un peu solitaire, non, deux heures à regarder l'océan ?

— J'adore », répondit Wesley d'une voix ferme.

Quand ils ouvrirent la porte de la cabine de Nick, la lumière à l'intérieur s'éteignit.

« Grouillez-vous d'entrer, merde ! cria Nick. Ne restez pas là-dehors à vous gratter le nez. »

Bill referma la porte derrière eux et la lumière inonda de nouveau la cabine. Nick et Danny Palmer étaient assis et jouaient aux cartes.

« Ah ! s'écria Palmer. Enfin une partie à quatre ! »

Wesley jeta son caban sur la couchette et alluma une cigarette, pendant que Bill approchait une chaise de la table.

« C'est bon ? demanda Nick en caressant sa moustache.

— Ça me va.

— Moi aussi.

— Ton quart est terminé ? interrogea Nick.

— Ouais.

— C'est comment dehors ?

— Une lune infernale.

— Mauvaise nuit, hein ? dit Palmer en souriant.

— Pourrait être pire, marmonna Wesley en approchant une chaise. Ce ne sont pas des eaux aussi dangereuses que le Golfe ou au large de Terre-Neuve ou du Groenland. »

Nick distribua les cartes avec un air absent.

« C'est quand ton quart en salle des machines ? demanda Bill.

— Minuit, répondit Nick. On peut faire pas mal de parties d'ici là », ajouta-t-il sur un ton affecté. Palmer rit.

Ils étudièrent leur main en silence. Bill jeta un coup

d'œil vers Wesley. Il se demandait comment il pouvait passer des heures à surveiller la mer et prendre part tranquillement, ensuite, à une partie de cartes. N'était-ce pas une chose sombre et formidable à la proue ? Wesley leva les yeux vers Bill. Ils se regardèrent fixement, en silence… et dans le bref éclat des yeux noirs de Wesley, Bill put voir le type en train de lire ses pensées et d'y répondre : oui, il adorait observer la mer ; oui, l'océan était sombre et formidable ; oui, Wesley le savait, et oui, Bill le comprenait. Ils baissèrent les yeux.

« Je passe, bredouilla Danny, ses sourcils blonds dressés.

— Parole », dit Wesley.

Nick fit tourner sa langue sur son palais.

« Trois », finit-il par dire.

Bill leva la main vers Nick, qui dit en souriant : « Tu montres patte blanche ?

— Bien sûr, le monde t'appartient, Lénine. »

Danny rit doucement.

« Comme c'est vrai, souffla-t-il.

— Atout carreau », murmura Nick.

Ils commençèrent à jouer en silence.

« Je vais m'installer ici, annonça Danny. Vous ne trouvez pas qu'on est bien mieux ici qu'en bas, dans ce poste d'équipage qui sent mauvais ?

— Sûr, dit Bill.

— Ne le laissez pas vous raconter des bobards, coupa Nick. Foutues excuses. En fait, il veut être près de moi. »

Palmer rit et rougit. Nick lui pinça la joue : « Est-ce qu'il n'est pas beau comme tout ? »

Wesley esquissa un sourire tandis que Bill réajustait ses lunettes avec une certaine gêne.

Nick recommença à jouer, le visage impassible.

« Non, mais j'aime vraiment mieux être ici, insista Danny. C'est tellement plus agréable. » Wesley le regarda avec curiosité.

Nick fit claquer un as sur la table. De la fumée s'échappa du nez de Wesley pendant qu'il méditait son coup suivant. La cabine fut plongée dans l'obscurité au moment où la porte s'ouvrit. Ils entendirent les vagues qui bruissaient et frappaient les flancs du navire.

« Ne reste pas là à te gratter la tête ! hurla Nick. Entre et ferme la porte. » Une fois celle-ci refermée, la lumière revint. C'était un des servants du canon.

« Salut, Roberts, dit Nick. Assieds-toi.

— Je ne savais pas que tu dirigeais un tripot, dit en riant le jeune soldat.

— Whist uniquement. »

Le soldat s'assit au bord de la couchette de Nick et suivit la progression de la partie. Au bout de quelques minutes, Wesley se leva.

« Prends ma place, soldat, dit-il. J'arrête.

— Tu fais bien », marmonna Nick.

Wesley ébouriffa les cheveux de Nick. Bill posa ses cartes : « Où vas-tu, Wesley ?

— Reste ici, s'écria Nick. On a besoin d'un quatrième.

— Je vais me chercher une tasse de café », dit Wesley. Il prit son caban et se dirigea vers la porte.

« Dépêche-toi ! dit Nick. J'ai hâte d'être dans le noir avec Danny. » Danny rit poliment.

Wesley agita la main en direction de Nick et il ouvrit la porte. Pendant un instant, sa silhouette mince se découpa dans l'embrasure éclairée par la lune. « OK, Nick ?

— Ne la referme pas tout de suite ! » cria Nick.

Une fois Wesley parti, ils rirent et commencèrent une nouvelle partie.

À dix heures, Bill abandonna et se dirigea vers la coquerie. Le réfectoire était rempli de marins qui jouaient aux dés et buvaient du café. Bill se servit une tasse. Puis, il retourna sur le pont illuminé par le clair de lune et regarda la grosse lune jaune couler vers l'horizon. Il sentit une vague de paix le submerger... Son premier jour en mer s'était révélé aussi simple que dépourvu d'événements. Était-ce cette vie que Wesley avait épousée ? Cette succession de travail, de repas, de repos et de sommeil, ce moelleux drame de la simplicité ? Peut-être était-ce le genre de chose dont Everhart avait toujours eu besoin. Ce qu'il allait faire dorénavant, c'était dormir, se réveiller, travailler, manger, traîner, bavarder, observer la mer et puis retourner se coucher.

Rien ne pourrait déranger ce calme éclairé, cette lucidité de l'âme. Il avait remarqué à quelle vitesse les marins, et Wesley en particulier, avaient mis fin à la rébellion sacrilège de Joe : non, ils ne laisseraient pas des types comme Joe « tout gâcher ». Et ce « tout » c'était quoi ? C'était une manière de vivre, en mer. Cela signifiait égalité, partage, coopération et paix communautaire... Une austère fraternité des hommes, nom de Dieu, où le malfaiteur est rapidement appréhendé et où l'homme juste trouve sa position adéquate. Oui, là où il avait eu l'impression qu'un certain idéalisme faisait défaut à Wesley, il trouvait un idéalisme plus puissant et une pratique de ces idéaux plus affirmée que chez lui.

Bill jeta un dernier regard sur l'océan dans la nuit et il descendit se coucher. Il s'étira sur sa couchette et fuma une dernière cigarette... Il espérait qu'il allait rêver.

Wesley se réveilla avant le lever du jour pour son quart suivant. Le maître d'équipage lui dit de s'occuper du pont et Wesley choisit donc un balai et se mit à balayer le pont. Il n'y avait personne dans les parages.

La mer était plus forte pour ce deuxième matin en mer, la houle moins ample, cassée par le vent qui s'était levé pendant la nuit. Wesley gagna le pont supérieur et observa la fumée de la cheminée qui s'envolait sous le vent en formes déchiquetées. Il commença à balayer, encore un peu étourdi de sommeil, incapable de s'arrêter de bâiller, jusqu'à ce qu'il parvienne à l'arrière du navire. Il y avait deux soldats sur le pont inférieur près du canon de 105, comme deux monstres avec leurs écouteurs et leurs gilets de sauvetage orange.

Ils agitèrent la main en direction de Wesley. Il agita son balai.

Le navire avait commencé à tanguer dans la houle plus forte, sa poupe secouée par de lentes et massives oscillations. Le vent fouettait la surface de l'eau qui avait une couleur vert sombre dans l'ombre des vagues se poursuivant l'une l'autre. Ici et là, une crête déferlait, brève couronne d'écume blanche dévalant la pente. Dans quelques jours, se dit Wesley, la mer serait vraiment démontée.

À l'est, à présent, le soleil envoyait ses hérauts vêtus de rose – une longue écharpe attachée au navire comme un tapis de roses déroulé pour Neptune. Appuyé sur son balai, Wesley regardait le lever du soleil avec une curiosité profonde, muette. Il avait vu le soleil se lever dans bien des endroits, mais jamais il ne se levait dans cette gloire touffue qui l'entourait sur les eaux de l'Atlantique nord, où l'océan glacé, vif, et les vents pénétrants s'unissaient pour redonner à la lumière de l'aube une teinte primitive, une grandeur froide seulement surpassée dans les régions les plus lointaines du Grand Nord. Il avait vu des couleurs folles au large du cap Nord en Norvège, mais ici, au large des côtes du Maine, c'était plutôt une splendeur vineuse, échauffée, un mélange du Sud et du Nord.

Wesley alla vers l'avant et respira à pleins poumons le vent saturé de sel. Il se frappa la poitrine joyeusement et fit tournoyer le balai au-dessus de sa tête, et puisqu'il n'y avait personne alentour, il se mit à faire des bonds comme une joviale sorcière sur son balai.

C'était ça ! Cet air, cette eau, ces plongeons amortis du navire, la façon dont tout un univers de vent pur chassait la fumée du *Westminster* et l'absorbait, la façon dont les vagues aux crêtes blanches lançaient du vert, du bleu et du rose dans la lumière primitive de l'aube, la façon dont cet océan protéiforme déployait ses forces purificatrices en bas, en haut, sur un formidable cyclorama s'étendant dans toutes les directions.

Wesley s'arrêta près de la passerelle et il observa le destroyer droit devant. Sa forme basse semblait traquer l'océan de façon menaçante, ses mâts penchant d'un côté puis de l'autre, ses canons pointant alternativement au-dessus et au-dessous de l'horizon, comme si rien ne pouvait échapper à leur portée.

Wesley posa son balai et traversa le pont d'un pas lent.

Il trouva un bidon d'huile et il alla contrôler les poulies des canots de sauvetage. Lorsqu'il s'agenouilla pour en graisser une, la passerelle fit retentir sa cloche. Le vent chassa le son rapidement.

« Ding, ding..., imita Wesley, malicieux. Musique douce à mes oreilles, merde ! »

En cinq minutes, le soleil apparut au-dessus de l'horizon, une montagne rose émergeant doucement pour inspirer le jour nouveau. En hommage, le vent semblait hésiter.

Wesley termina son travail sur ce pont et descendit une échelle pour rejoindre le pont inférieur. Il aspira une dernière goulée d'air et poussa une porte qui conduisait au milieu du navire. Quand il entra dans la coquerie, Glory était déjà levé et en train de préparer le petit déjeuner.

« Bonjour ! tonna Glory. Si tu veux manger, mon pote, il va falloir attendre !

— Juste une tasse de café, Pops », dit Wesley en souriant.

Glory se mit à chantonner un blues pendant que Wesley se versait une tasse de café brûlant.

« Tu es d'où ? demanda Wesley en envoyant un jet de lait bouillant dans son café.

— Richmond ! tonna de nouveau Glory, en retirant la pipe de sa bouche. J'ai lancé une mode quand j'en suis parti. »

Wesley remuait son café : « J'ai travaillé dans le bâtiment près de Richmond autrefois.

— Richmond, chanta Glory, c'est ma ville, mec. Je me suis tiré de là-bas à cause d'une femme, ouais, monsieur ! »

Un marin entra et ouvrit les hublots de la coquerie.

La lumière rose pénétra dans la pièce avec une rafale de brise salée.

Glory regarda par un hublot et secoua lentement la tête, comme un grand lion.

« J'ai lancé une mode quand j'ai quitté Richmond, gémit-il d'une voix profonde. Une mode bien tordue !

— Elle avait fait quoi, ta femme ? demanda Wesley.

— Mec, elle avait rien fait... C'est moi qui avais tout fait, le bon vieux Glory, il avait tout fait. Perdu tout son argent dans une partie de dés. »

Wesley fut secoué de son rire silencieux. Glory planta son énorme doigt dans la poitrine de Wesley : « Mec, tu crois que j'allais traîner dans les parages jusqu'à ce qu'elle vienne m'ouvrir le ventre ?

— Non, monsieur !

— Merde, non ! Je me suis tiré de Richmond et j'ai filé dans le Nord jusqu'à New York. J'ai travaillé là-bas pour la WPA[1], dans des restaurants, et tout le temps, mec, je l'ai eu, le blues bien tordu pour ma femme. » Glory poussa un profond grognement. « J'ai pensé revenir à Richmond, mais j'avais pas les tripes, mec... J'ai préféré m'embarquer ! »

Wesley buvait son café à petites gorgées, sans dire un mot.

« Tout le monde, chanta Glory dans une basse tonitruante, veut aller au ciel... mais personne ne veut mourir !

— Comment elle s'appelait ? » demanda Wesley.

1. Works Progress Administration : l'agence gouvernementale la plus importante du New Deal. Elle avait pour objectif de fournir des emplois aux chômeurs et d'apporter une assistance à leurs familles.

Glory poussa une plaque couverte de bacon dans un four et le ferma d'un coup de pied.

« Louise ! gémit-il. Louise… la fille la plus adorable que j'aie connue. » Il se mit à chanter pendant qu'il cassait des œufs dans une casserole pour faire des œufs brouillés :

Laweese, Laweese, is the sweetest gal I know… Mmmh…
She made me walk from Chicago to the Gulf of Mexico…
Now look a-here Laweese, what you tryin' to do ? Mmmh… what you tryin' to do,
You tryin' to give the man my lovin' and me too –
Now you know, Lawise, baby that will never do…
Now, you know you can't love me… and love some other man too… Mmmh…

Sa voix dérailla dans un trémolo vertigineux.

« Ça, c'est du blues, mec, dit Wesley.

— Richmond blues ! J'avais l'habitude de chanter *Louise* toute la journée devant la salle de billard… et puis, la nuit, je me traînais jusque chez Louise. Mec, tu as jamais vu la Virginie au printemps… hein… ?

— Tu parles que je l'ai vue.

— Jamais emmené une femme là-bas avec une bouteille de gin, sous les saules, la nuit avec la grande grosse lune qui regarde… hein ?

— Tu parles que je l'ai fait !

— Mec, tu connais tout le truc ! Pas besoin de te faire un dessin ?

— Non, monsieur !

— Ho ho ho ! Je pars pour Richmond dès que j'aurai tiré mes guêtres de ce bateau… Ouais, monsieur ! Je repars là-bas !

— J'irai avec toi, mec ! On passera trois semaines avec une paire de *mamas* de Richmond, toi et moi !

— Ouais ! Je vais me trouver ma chérie Louise, et toi t'iras dans la rue te chercher quelque chose.

— Tu es un sacré café au lait ! cria Wesley en donnant à Glory une grande claque dans le dos. Toi et moi, on va passer trois semaines sur une plage de Richmond…

— Hou ! Passe-moi ce Jelly Roll[1], mon petit, je vais le bouffer sans hésiter ! »

Ils étaient pliés de rire et tandis que le navire progressait, le soleil avait envahi la coquerie à tribord avec sa face orange enflammée. La mer était devenue une gemme immense aux éclats bleus, tachetée de perles d'écume.

1. Nom d'une pâtisserie, mais aussi de la vulve en argot.

Chapitre 8

Cet après-midi-là, alors qu'Everhart prenait le soleil près du bastingage à la poupe, plongé dans *La Complainte du vieux marin* de Coleridge, la sonnerie brutale d'une cloche derrière lui le fit sursauter.

Il abandonna sa lecture pour observer la ligne d'horizon en proie à une peur réelle. Qu'est-ce que c'était ?

Une voix nasillarde, bourdonnante, se fit entendre dans les haut-parleurs : « Tous les hommes sur le pont. Tous les hommes sur le pont. » Le système sifflait de façon assourdissante.

Bill grimaça et regarda autour de lui, la peur grandissant dans sa poitrine. Les autres marins qui se délassaient sur le pont partaient précipitamment. Le vent chaud faisait voleter les pages de son livre. Il se leva, le sourcil froncé, le posa sur sa chaise pliante. Cet après-midi calme en mer, ensoleillé, scintillant de lumières vertes et dorées, fouetté par les brises vivifiantes qui traversaient les ponts assoupis, était-ce un après-midi pour mourir ? Un sous-marin était-il en chasse dans ces eaux magnifiques ?

Bill haussa les épaules et descendit en courant jusqu'à son poste d'équipage pour récupérer son gilet de sauvetage. Toujours en courant, il l'enfila et l'attacha rapidement dans la coursive, et il grimpa sur la première échelle qu'il trouva. Un silence de mauvais augure régnait sur le navire.

« Merde, que se passe-t-il ? marmonna-t-il pendant qu'il montait vers le pont supérieur. Ce n'est pas une alerte sous-marin ! Nous venons à peine de commencer ! » Ses jambes tremblaient quand il parvint aux derniers échelons.

Sur le pont supérieur, des groupes de marins silencieux s'étaient formés autour de leurs canots, assemblage un peu grotesque de gilets de sauvetage, de bleus de chauffe, de toques de cuisiniers, de tabliers, de casquettes de mécaniciens, de casquettes de vigies, de pantalons kaki et de douzaines d'autres combinaisons hétéroclites. Bill courut vers son canot et rejoignit son groupe. Personne ne parlait. Le vent mugissait dans la cheminée, faisait claquer les vêtements des marins sur le pont et se ruait vers la poupe et au-dessus du sillage d'un vert brillant du navire. L'océan chuchotait quelque chose d'apaisant et d'assoupi, un son qui se répandait partout, une énormité qui imprégnait tout, tandis que le navire glissait à sa surface en tanguant légèrement.

Bill ajusta ses lunettes et attendit.

« C'est juste un exercice, je crois », suggéra un marin.

Un des Portoricains du groupe de Bill, qui portait une toque évasée et un tablier blanc sous son gilet de sauvetage, se mit à danser pendant qu'un autre battait un rythme de conga sur ses cuisses. Ils rirent tous.

La cloche sonna. Et la voix retentit de nouveau : « Fin de l'exercice. Fin de l'exercice. »

Les groupes de marins se dispersèrent, grouillement confus dans l'attente de pouvoir redescendre par les échelles. Bill retira son gilet et le laissa traîner derrière lui en avançant d'un pas ralenti. Il avait tout vu à présent… le navire, l'océan… le matin, le midi et la nuit de l'océan… l'équipage, le destroyer devant eux, un exercice d'évacuation, tout.

Il se sentit soudain envahi par l'ennui. Qu'allait-il faire pendant les trois mois à venir ?

Cette nuit-là, Bill descendit dans la salle des machines pour parler avec Nick Meade. Il dévalait les escaliers métalliques et s'arrêta brusquement en voyant le monstre qui était la source de la puissance du *Westminster*… Des pistons énormes s'activaient violemment, des pistons tellement énormes qu'on avait du mal à croire qu'ils puissent bouger avec une rapidité aussi effroyable. L'arbre de l'hélice du *Westminster*, énorme lui aussi, tournait en direction de la poupe et Bill avait l'impression de voir un serpent géant tournant sur lui-même dans une caverne gigantesque.

Bill était pétrifié devant cette puissance monstrueuse. Il était agacé. Que représentaient les idées en face de la brutalité de ces pistons, cognant de haut en bas avec une force démultipliée et intriguant, en complicité avec la nature, contre la forme délicate de l'homme ?

Il continua à descendre, avec l'impression de parvenir au fond de l'océan. Quelle chance avait un homme là en bas si une torpille frappait à la ligne de flottaison, quand le pont de la salle des machines se trouvait à dix ou douze mètres au-dessous ! Torpille… encore une invention brutale de l'homme ! Il essaya d'imaginer une torpille percutant la salle des machines contre la puissance hystérique, aveugle, des pistons, le choc assourdissant de l'explosion, le sifflement de la vapeur qui s'échappe, les milliards de litres se déversant depuis un océan d'eau sans fin, et lui, perdu dans cet holocauste et emporté comme une feuille dans un tourbillon. La mort ! Il s'attendait plus ou moins à ce qu'elle se manifeste à cet instant précis.

Un type chargé de la pression d'eau contrôlait un manomètre.

« Où est Meade, le graisseur ? » cria Bill par-dessus le rugissement des moteurs. Le type pointa le doigt vers l'avant. Bill marcha jusqu'à une table où Nick était assis, ruminant au-dessus d'un livre sous la lumière d'une lampe verte.

Nick fit un petit geste de la main. Apparemment, il avait renoncé depuis longtemps à avoir une conversation dans la salle des machines, car il poussa un livre en direction de Bill. Celui-ci s'assit sur le bord de la table et le feuilleta.

« Des mots, des mots, des mots », dit-il d'une voix monocorde, mais le vacarme de la salle des machines noya ses paroles et Nick poursuivit sa lecture.

Le lendemain – une autre journée baignée de soleil –, le *Westminster* passa à toute vapeur au nord de la Nouvelle-Écosse, à quarante milles nautiques environ, de telle sorte que l'équipage put voir la sombre ligne violette de la côte juste avant le crépuscule.

Puis il y eut un coucher de soleil fantastique… De longues écharpes, couleur lavande, s'étirèrent au-dessus du soleil pour rejoindre des formes infimes au-dessus de la lointaine Nouvelle-Écosse. Wesley, digérant son dîner, se dirigea vers l'arrière du navire et il fut surpris d'y découvrir une large assemblée de marins. Curieux, il s'approcha.

Un homme était debout devant le treuil qui faisait face aux hommes et il parlait en gesticulant. Sur le treuil, il avait posé une bible et il y faisait référence à présent en marquant une pause. Wesley le reconnut, c'était le boulanger du bord.

« Et contre eux ils reçurent du secours ; et les Hagrites et tous ceux qui étaient avec eux furent livrés entre leurs mains, car ils avaient fait appel à Dieu dans la bataille, et Il se rendit à leurs prières parce qu'ils avaient mis leur confiance en Lui[1] », criait le boulanger.

Wesley parcourut du regard cette assemblée. Les marins semblaient réticents et n'écoutaient que d'une oreille, mais aucun d'eux ne faisait le moindre mouvement pour s'éloigner. Certains regardaient le coucher du soleil, d'autres l'océan, d'autres encore fixaient le plancher – mais tous écoutaient. Everhart se tenait un peu à l'arrière, il avait l'air d'écouter attentivement.

« Et donc, mes frères, reprit le boulanger – qui s'était de toute évidence attribué le rôle de guide spirituel pour cette traversée du *Westminster* –, nous devons tirer une leçon de la foi des Rubénites dans leur guerre contre les Hagrites et, à notre tour, faire appel à Dieu dans ce moment de danger. Le Seigneur a pris soin d'eux et Il prendra soin de nous si nous Le prions et si nous

1. I Chroniques, 5:20.

mettons notre confiance en Sa miséricorde au milieu de cet océan menaçant où l'ennemi nous guette pour couler notre navire... »

Wesley boutonna son caban. Il faisait vraiment froid. Derrière la silhouette du boulanger, le soleil dansait alternativement au-dessus et au-dessous du bastingage, spectacle chargé dans des tonalités roses. L'océan était d'un bleu profond.

« Agenouillons-nous et prions », cria le boulanger en prenant sa bible, ses paroles brusquement noyées dans une rafale de vent, de telle sorte que seuls ceux qui étaient près de lui les entendirent. Ils s'agenouillèrent avec lui. Lentement, tous les autres marins s'agenouillèrent. Wesley était debout au milieu de toutes ces formes inclinées.

« Ô, mon Dieu, priait le boulanger d'une voix tremblante, prends soin de nous et garde-nous dans notre traversée. Veille, ô Seigneur, à ce que nous arrivions sains et... »

Wesley s'éloigna, il n'entendait plus rien. Il alla à la proue et il fit face au vent qui soufflait du nord, cinglant son visage avec son odeur piquante et faisant claquer son écharpe comme un fanion.

Au nord, dans le sillage du destroyer, l'océan s'étendait comme une prairie écumante, qui devenait plus sombre à mesure qu'elle se confondait avec le ciel de plus en plus bas. Le destroyer était en chasse.

[...]

Œuvres de Jack Kerouac (suite)

LE LIVRE DES HAÏKU
LE LIVRE DES ESQUISSES

Chez d'autres éditeurs

JACK KEROUAC, *Cahier de l'Herne*
POÈMES, *Éditions Seghers*
L'ÉCRIT DE L'ÉTERNITÉ D'OR, *Éditions La Différence*
VANITÉ DE DULUOZ, *Éditions Christian Bourgois*
MAGGIE CASSIDY, *Éditions Stock*
VISIONS DE CODY, *Éditions Christian Bourgois*
MEXICO CITY BLUES, *Éditions Christian Bourgois*
DHARMA, *Éditions Fayard*
BEAT GENERATION, *Éditions Flammarion*

Composition : Nord Compo
Achevé d'imprimer
par CPI Firmin-Didot
à Mesnil-sur-l'Estrée, en mars 2022
Dépôt légal : mars 2022
Numéro d'imprimeur : 168717

ISBN : 978-2-07-297483-0/Imprimé en France

432400